Pa Pa Bernd

Sikom mi Neo

Mein kleines Buch für meine großen Kinder

Version 1.0, Dezember 2017

Herstellung und Verlag:
BoD - Books on Deman, Norderstedt
ISBN 978-3-7460-6549-6

1 Anfang schwer ist

Was soll ich euch sagen, was ihr nicht eh schon wisst oder sogar besser wisst und wenn ihr es nicht wisst, dann wollt ihr es vielleicht auch gar nicht wissen?

Ihr seid jetzt in einem Alter, in dem ihr eure Eltern kaum noch etwas fragen wollt, eher sieht es so aus, als müssten eure Eltern euch immer öfter mal was fragen. Unsere Welt dreht sich immer schneller und den Älteren wird schon mal schwindlig dabei.

Das Alt-Sein war auch schon in früheren Zeiten kein reines Vergnügen. Gut, es gab für die Alten das Privileg, dass man wegen der nachlassenden Kräfte keine schwere Arbeit mehr leisten musste. Und weil die Alten den Jungen sehr viel Wissen und Lebens-Erfahrung voraus hatten, wurde es geachtet, wenn dieses Wissen, diese Weisheit an die Jungen weitergeben wurde.

Das ist heute alles anders. Wenn ihr Fragen habt, dann findet ihr im Netz schneller eine Antwort als es dauern würde eure Eltern oder eure Lehrer auch nur zu fragen, selbst wenn sie neben euch stehen. Und ihr findet dort im Netz umfassendere Antworten als sie je ein Mensch euch geben könnte.

Und so kommt es, dass ihr euch kaum noch vorstellen könnt, wozu das Alt-Sein gut sein soll und das mit dem Alt-Werden ist dann nun wirklich überhaupt nicht mehr euer Ding.

1 Anfang schwer ist

Gut, Computer werden auch alt, aber sie lassen sich updaten oder problemlos durch neue Modelle ersetzen, wenn die Alten nicht mehr update-fähig sind.

Computer lernen immer schneller und effektiver. Sie lernen den Menschen Fragen zu beantworten und lernen Fragen zu beant-worten, die die Menschen noch gar nicht gestellt haben. Weil die Computer schon vorher wissen, was die Menschen eigentlich wissen wollen.

Wir Menschen verlernen, wie man mit anderen Menschen gut redet, wir verlernen wie man gute Fragen stellt.

Computer werden immer schlauer und lernen aus den Fragen vieler Tausender, Millionen ja Milliarden von Menschen, von Menschen, die tag-täglich Computer nutzen und Fragen stellen oder auch nur irgend etwas mit ihnen machen, weil sie Lust dazu haben, die Menschen oder weil sie etwas mit ihnen machen müssen, weil ihr Chef das so will.

Vielleicht bin ich einfach nur altmodisch oder alt und sentimental, aber ich bin sicher, es gibt mehr als dieses Wissen des Netzes.

Das was ich euch dazu sagen kann, will ich euch in Ruhe sagen, dass will ich euch mit diesem kleinen Buch sagen.

Jeder Mensch der etwas sagt, der es ruhig und Bedacht sagt, will auch, dass die Menschen, die er anspricht, verstehen, was er sagt.

So will ich es euch sagen und hoffen, dass ihr mich versteht.

Ihr denkt jetzt vielleicht, warum redet er nicht einfach mit uns?

1 Anfang schwer ist

Ja, warum?

Zum Einen wird es immer komplizierter mit anderen Menschen zu reden. Warum fragt er mich das jetzt, was will er von mir, das müsste er doch eigentlich wissen .... Es ist für viele Menschen schon ein Zeichen von Schwäche geworden, andere Menschen zu fragen, anzusprechen, Antworten bei echten Menschen zu suchen und in ein möglicherweise langes und anstrengendes Gespräch verwickelt zu werden. Oder gar abgewiesen zu werden, oder zurechtgewiesen zu werden, oder gar angegriffen zu werden .... das ist nicht mehr unser Ding.

Ein anderer Grund besteht darin, dass in einem Gespräch, so von Mensch zu Mensch, meist ohne Absicht, viel zu viele andere, oft sehr diffuse Informationen transportiert werden. Informationen, die wenig mit dem zu tun haben, was man eigentlich sagen will oder wissen will. Stimmungen und Gefühle mischen sich in die Art wie wir sprechen, verändern den Tonfall, verändern unsere Körperhaltung, unseren Gesichtsausdruck, verändern die Stimmung unseres Gegenübers auf eine meist schwer vorhersehbare oder gar kontrollierbare Art und Weise, je nachdem in welcher Gemüts-Verfassung wir selbst sind und der Andere gerade ist. Und jede Interaktion in einem Gespräch mischt die Gefühls-Karten neu, in jedem Moment, in jeder Sekunde.

Also schreibe ich euch ein kleines Buch. Einen Text, den ihr lesen könnt, wann ihr wollt und wie ihr wollt und in welcher Stimmung ihr gerade seid. Aber am besten ist es natürlich, wenn ihr in einer guten Stimmung seid.

1 Anfang schwer ist

Klar, auch beim Schreiben weiß man nie, ob man für das, was man meint, eine geeignete Formulierung gefunden hat. Und ob der andere dann auch wirklich versteht, was man damit gemeint hat. Vor allem fehlt die Möglichkeit direkt nachzufragen, Mißverständnisse schnell zu klären, um dann bei Bedarf noch mal von vorne anzufangen, von vorne anzufangen mit dem Versuch, sich verständlich zu machen.

Der große Vorteil des einsamen Schreibens besteht in der Möglichkeit in Ruhe zu denken, nachzudenken und vorzudenken. Diese Ruhe fehlt, wenn der, mit dem man redet, einem direkt gegenüber sitzt und mehr oder weniger gut zuhört. Vor allem, wenn er dann auch noch mitreden will ….

Aber auch für den einsamen Leser ist es ein Vorteil, wenn er in Ruhe lesen und darüber nachdenken kann, was er gerade gelesen hat. Er kann sich beliebige Pausen und Auszeiten gönnen, ohne dass sein Gegenüber ihn komisch anguckt und zunehmend nerviger wird, weil es nicht schnell genug weiter geht.

Also schreibe ich euch ein kleines Buch …. und hoffe natürlich insgeheim, dass wir später dann viel darüber reden werden und das es noch eine Fortsetzung geben wird ….

2 Sprache und Geist

Am Anfang war das Wort und das Wort war bei Mama und Papa, also eigentlich eher bei Mama. Das ist meistens so. Und das ist auch der Grund warum die meisten Kinder auf der Welt als erstes Wort das Wort Mama sagen. Oder eben das Wort, das in der Sprache der Mama Mama bedeutet.

Das war auch bei euch nicht anders.

Dann geht es munter weiter, ihr lernt es immer mehr Wörter zu sagen und natürlich auch alles mögliche damit zu verbinden und auch die Wörter miteinander zu verbinden und wieder was neues damit zu verbinden.

Das, was ihr mit den Wörtern verbindet und mit den Verbindungen der Wörter verbindet, ist nicht immer das, was Mama oder Papa oder sonst wer damit gemeint haben. Warum auch, ihr habt schließlich euren eigenen Kopf! Ihr hört zu (manchmal) wenn euer Gegenüber etwas sagt und plappert selbst etwas dazu und manchmal plappert ihr es auch einfach nur nach und guckt und merkt euch was passiert. Das geht so ein, zwei, vielleicht drei Jahre lang, an die ihr euch später nicht mehr so richtig gut erinnern könnt .... im Gegensatz zu euren Eltern, was auch gut so ist. Später zeigen euch die Erwachs-enen dann manchmal Bilder oder Videos aus dieser Zeit und erzählen euch Geschichten dazu. Manchmal verwechselt ihr dann die künstlich konservierten Erinnerungen mit euren eigenen lebendigen Erinnerungen.

2 Sprache und Geist

Spätestens, wenn ihr euch an etwas erinnern wollt, was nicht in diesen Fotos oder Videos oder in den erzählten Ge-schichten vorkommt, merkt ihr, dass euch nichts einfällt.

Und das liegt daran, dass euer Geist, der die bewußten Erinnerungen erschafft, erst so ungefähr mit 2 oder 3 Jahren anfängt zu arbeiten!

Ihr wundert euch jetzt bestimmt, dass ich gerade das Wort „Geist" benutzt habe …. doch doch, ich weiß, dass ihr euch wundert, Geist ist für euch eher so etwas wie ein Gespenst und ihr wollt mich jetzt fragen, was das jetzt hier soll, das altmodische Wort. Ob ich vielleicht denke, dass es bei euch im Oberstübchen spukt. Das ist eine gute Frage! Ich meine natürlich nicht die Frage, ob es bei euch im Ober-stübchen spukt, wie kommt ihr denn jetzt darauf ;-) …. nein, ja, gute Fragen sind wichtig, sind oft wichtiger als gute Antworten. Ihr erkennt gute Fragen daran, dass die anderen Schwierigkeiten haben, euch eine gute Antwort zu geben.

Ok, ich versuch es mal mit einer Antwort und hoffe, dass sie gut ist:

Also euer ganz persönlicher Geist ist etwas, das in eurem ganz persönlichen Kopf begonnen hat sich zu entwickeln als ihr so etwa 2 bis 3 Jahre alt wart. Euer Geist ist das, was in eurem Kopf denkt und macht und tut und versucht alles in den Griff zu kriegen. Vielleicht gibt es in unseren Köpfen sogar mehrere Geister, wer weiß das schon so genau, ich weiß es jedenfalls nicht.

Ich sage euch sicher nichts neues, wenn ich sage, dass das mit dem in den Griff kriegen auch schon mal daneben geht …. unser Geist ist nun mal kein großer, allmächtiger Geist, nein unser und euer ganz persönlicher Geist ist ein kleiner Menschen-Geist und der hat eben manchmal auch so seine Aussetzer.

Das ist erst mal nicht so schlimm, euer Körper funktioniert ja auch ohne Geist. Die ersten Jahre eures Lebens musstet ihr ja auch ohne ihn auskommen. Danach aber geht kaum noch etwas ohne einen gut geölten Geist.

Wenn sich nämlich unser Geist erst mal nicht mehr richtig wohl fühlt in unserem Körper, weil nichts mehr fluppt und McMurphy die Regie übernommen hat und wenn dann dieser Zustand auch noch über Tage, Wochen oder gar Monate anhält, dann sucht und findet unser Geist manchmal Lösungen, die zwar für ihn selbst ok sind, aber unser sonstiges Leben und speziell auch unseren Körper in große Schwierigkeiten bringen.

Solche Lösungen sind zum Beispiel die Lösung, mit dem schritt-weisen Rückzug von der bösen Welt da draußen in eine eigene, selbst gebastelte Innen-Welt, mit Zutritts-Verbot für alle Kritiker. Gespielt als Variante mit totalen Krieg gegen die böse Welt da draußen, inszeniert als Helden-Saga oder als herz-zerreißendes, rühr-seliges Trauerspiel, aber egal wie, das Schauspiel endet dann allzu oft und meist ziemlich schnell in noch unangenehmeren Zuständen.

... oh, man, Papa, jetzt hältst du aber wieder mal Vorträge und was für welche ...

ja, ja, ich weiß ja, aber es doch wichtig und außerdem mach ich das doch auch gerne, ich meine das mit den Vorträgen, das wisst ihr doch

2 Sprache und Geist

.... also gut, weiter im Text, wie weit waren wir im Text? Ach so, ja, wir haben jetzt einen Geist, der auch hoffentlich gut funktioniert.

Nur was sollen wir überhaupt damit? Warum sollen wir uns darum bemühen, dass er gut funktioniert, warum sollen wir in benutzen, wenn wir noch nicht einmal wissen, wozu er gut sein soll? Manchmal geht er uns sogar ziemlich auf den Geist unser Geist .... sind nicht Tiere oder Menschen mit wenig Geist viel besser dran? Sie essen und trinken, laufen herum, haben Sex, faulenzen und machen sich keine schweren Gedanken, ob das alles gut so ist, sie freuen sich einfach des Lebens.

Und was bezahlen wir für einen hohen Preis für einen ausgefeilten und gut trainierten Geist.

Wir gehen in die Schule und quälen uns tag-täglich und das auch noch mehr oder weniger freiwillig nur um seine Leistung zu verbessern. Wir lesen komplizierte Texte, rechnen komplizierte Rechnungen, wir verbiegen uns unsere Hirnwindungen und sind am Ende nicht selten unglücklich, traurig oder gar entsetzt, weil unser ach so gut trainierter Geist die Welt und ihr Gewese und Gewusel noch immer nicht begreift und es noch weniger schafft, die Welt zu einem besseren Ort zu machen!

Dann wünschen wir uns manchmal, er wäre gar nicht da, unser Geist, wir würden gern auf ihn verzichten !

... *Papa, dein Thema* ...

2 Sprache und Geist

ja, ja, aber eine Sache muss ich doch noch loswerden: Was für eine zweifelhafte Erscheinung unser kleiner Geist ist, sieht man schon daran, dass unsere Gesellschaft so viel im Angebot hat, um unseren Geist zu betäuben oder wenigstens abzulenken …. ewig sich fort-setzende, niveau-arme Fernsehserien und Talk-Shows mit immer wieder gleichen Leuten zu immer wieder gleichen Themen, Computer-Spiele, Yoga-Kurse, Extrem-Sport jeder Art, jede Menge geistvolle Getränke, deren Geist unseren persönlichen Geist ver-drängen soll, kunstvoll verfeinertes Essen …. aber es hilft alles nicht wirklich, irgendwann klappt das mit der Ablenkung nicht mehr. Und auch das viele Nachdenken hilft nicht weiter.

Gut, oder auch nicht, eine Lösung muss her und die kann nur so aussehen, das unser Körper wieder die Führung übernimmt.

Wenn ihr euch erinnern wollt, hat ja alles damit angefangen, dass unser kleiner Geist sich mit seinem Körper nicht mehr wohl gefühlt hat, weil irgendwas in der Beziehung nicht mehr gut gelaufen ist. Und wenn uns jetzt der Geist keine große Hilfe mehr ist, muss der Körper wieder ran. Und so ein Körper fühlt sich dann am wohlsten, wenn er das macht, was er am besten kann: Laufen, klettern, springen, klar, auch reden (geist-los reden!), pfeifen und singen, auch essen und trinken, das ganze Spektrum halt.

Eine weitere, sehr elegante Möglichkeit zur Lösung des Problems will ich euch auch nicht verschweigen, auch wenn euch diese Lösung erst dann zur Verfügung steht, wenn euer Hormonhaushalt vom Modus Kind auf den Modus Erwachsen umgeschaltet hat …. egal wie das im

2 Sprache und Geist

Einzelnen funktioniert, also wenn es soweit ist, wenn eure Hormonlage es erlaubt, dann könnt ihr euch verlieben !

... man Papa, du redest wieder und redest, das alles gehört ja nun überhaupt nicht hierher, dein Thema heißt „Sprache und Geist" ...

Ja, ja, ihr habt ja Recht, aber ich bin gerade so richtig gut in Fahrt, im flow sozusagen, das muss ich jetzt wirklich noch loswerden 0:-)

... Papa ...

Also ihr könnt euch verlieben und das ist erst mal etwas wirklich schönes. In diesem Zustand ist das unangenehme Gezerre eures Geistes komplett verschwunden, ihr wacht morgens viel zu früh auf, seid frisch und übertrieben gut gelaunt, ihr schwebt in einem Ozean von Glück-Seligkeit, jeder Gedanke an euren Liebsten steigert das noch einmal und nichts auf dieser Welt kann euch ernsthaft etwas anhaben ....

Es ist einfach nur das Paradies auf Erden .... leider hält ein solcher Liebes-Rausch nicht ewig an, wie jeder andere Rausch auch. Ein paar Wochen, ein paar Monate, manchmal auch nur ein paar Tage, dann lässt die Wirkung nach, der unruhige, nervige Geist ergreift wieder Besitz von euch und ihr könnt froh sein, wenn es euch jetzt nicht schlechter geht wie vorher.

... Papa, jetzt ist aber gut, denk mal an dein Thema und denk auch mal an uns ...

ja, gut, also, wo waren wir gerade im Text?

2 Sprache und Geist

Ach ja, ich wollte euch sagen, wozu euer Geist gut sein soll, und das ist sicher nötig, nach all dem Schlechten, was ich bis jetzt über ihn erzählt habe ….

... wozu ist er gut? ...

Gute Frage, sehr gute Frage! Also ich sage mal: ohne unseren Geist wären wir nicht da, wo wir sind, wahrscheinlich wären wir überhaupt nicht da. Dass alles mit uns so gekommen ist, wie es ist, das liegt an unserem Geist, an dem, was unser Geist zusammen mit unserer Sprache aus uns gemacht hat. Mit unserer Sprache erwerben wir Vorstellungen von Dingen und Vorgängen in unserer Welt, in unserer Außenwelt, aber auch in unserer Innenwelt und wir können uns dann mit sprach-verständigen Mitmenschen darüber austauschen und natürlich auch Pläne schmieden.

... das ist in einer Gruppe von Schimpansen auch nicht anders, außer dass die Mitmenschen dann Schimpansen sind ...

ja, zugegeben, ein bisschen mag es auch in den Köpfen einer Schimpansen-Groß-Familie so zugehen, also was macht jetzt unser Geist zusammen mit unserer Sprache noch darüber hinaus, was macht er, was der Schimpansen-Geist nicht macht? Was ist das Allein-Stellungs-Merkmal? Nun, ich sage euch, er baut sich mit den Bausteinen der Sprache eine komplexe eigene Welt, eine innere Welt, er baut sich seine ganz eigene, ganz persönliche innere Welt.

... Papa, du hast gerade zugegeben, dass es das auch bei Schimpansen gibt. So eine innere Welt

haben auch Wale, Delphine, Hunde und Katzen und so weiter. Und sie verstehen sich untereinander und schmieden Pläne und manchmal verstehen sie sich sogar mit uns und manchmal verstehen wir uns mit ihnen sogar besser, als wir uns mit anderen Menschen verstehen, manchmal sogar besser als mit unseren Eltern ...

Ok, ok, also unser Menschen-Geist kann doch noch etwas, von dem ich glaube, dass es Tiere nicht können: Er kann mit den Zuständen seiner inneren Welt spielen und mit vorgestellten Dingen Experimente machen, etwas ausprobieren, Elemente wieder neu zusammen-setzen. Er kann mit seinen Vorstellungen nicht nur einfache Werkzeuge schaffen, sondern er kann so richtig komplizierte Maschinen bauen, Maschinen mit denen er sogar sein eigenes Erbgut manipulieren und umprogrammieren kann ....

... gut, das mit den Maschinen ist erst mal ein Punkt für dich. Das mit dem Ändern des Erbgutes, das machen Tiere, wenn sie sich mit einen geeigneten Partner für die Zeugung von Nachwuchs zusammen tun, also, so richtig überzeugt hast du uns damit noch nicht ...

Zugegeben, also noch ein Versuch: der menschliche Geist kann mit den Bausteinen seiner inneren Welt Geschichten erfinden und sie dann anderen Menschen weiter erzählen!

2 Sprache und Geist

... kann nicht auch eine Wal-Mama ihrem Wal-Baby manchmal eine Gute-Nacht-Geschichte erzählt? Und was bringt das überhaupt für einen Vorteil, wenn man anderen Geschichten erzählen kann? ...

Na ja, das liegt ja wohl auf der Hand! Eine gut erzählte Geschichte läßt uns Dinge kaufen, die wir vorher nie haben wollten, sie läßt uns Politiker wählen, die wir hinterher nicht haben wollten oder sie läßt uns Dinge vergessen, die wir besser im Auge behalten sollten ....

.... aber gut, ich seh schon, das reicht euch immer noch nicht als Erklärung für eine so besondere Sache wie den Geist des Menschen aus, also noch ein letzter Versuch:

Die Menschen haben irgendwann gelernt, ihre Geschichten, nicht nur im Gedächtnis zu behalten und den Kindern weiter zu erzählen, sie haben gelernt, sie noch auf eine andere Art zu bewahren, sie begannen sie aufzuschreiben. Sie haben geeignetes Schreib-Material gesucht und haben die Geschichten darauf geschrieben, so geschrieben, dass sie sie selbst immer wieder lesen konnten, aber auch so, dass andere Menschen das „Geschriebene" lesen konnten, es verstehen und für eigenen Zwecke nutzen konnten. Das hat der Menschheit dann irgendwie einen ganz großen Kick verpasst: man konnte von anderen lernen, ohne dass die anderen anwesend waren und einem direkt etwas erzählt haben, es funktionierte sogar auch noch, wenn die anderen schon gestorben waren !!!

... da gibt es aber auch Schimpansen, denen man beigebracht hat, auf einer Art Computer-Schreib-

2 Sprache und Geist

maschine und mit einer eigenen Schrift Geschichten aufzuschreiben !!! ...

ja, ja, ich weiß, ja, wir haben es ihnen beigebracht aber hat man schon mal irgendwo in freier Wildbahn eine Schimpansen-Bibliothek entdeckt?

Nein. Na gut, wisst ihr was, ich denke so allmählich, es gibt tatsächlich keine einzelne, wirklich gut abgrenzbare, herausragende Fähigkeit, die einen Menschen-Geist von einem Schimpansen-Geist unterscheidet. Es ist ein Übergang auf einer langen Reihe von Fähigkeiten mit steigender Komplexität und mit dem Ziel eines immer größer werdenden Wissensschatzes und von immer umfangreicher werdenden Handlungsoptionen.

Der Wissensschatz wird abgelegt auf externen Medien und er schafft und vergrößert so die jeweilige Gruppen- und Stammes-spezifische Kultur. Die Ablage auf externen Medien ermöglicht eine erheblich effizientere Tradition und Nutzung dieses Wissens.

Und noch wichtiger: unser Menschen-Geist hat eine Gruppen- und Stämme-übergreifende, fortschreitende, technisch-wissenschaftliche Tradition geschaffen und mit deren praktischer Anwendung hat die Menschheit unseren Planeten in einem vergleichsweise kurzen Zeitraum (ein paar tausend Jahre) erobert und den menschlichen Zwecken angepasst.

Also Sprache und Geist. Eine großartige Sache für die Menschheit, trotzdem wird die Bedeutung von Sprache und Geist bei bestimmten Fragestellungen maßlos überbewertet ....

... ohne Maß kann man nichts messen und auch nichts bewerten, jede Bewertung braucht ein Maß ...

man was seid ihr doch klug ! K-S-Alarm :-((

... das musst du gerade sagen ...

ja, ok, also, warum sind Sprache und sprachliches Denken unge-eignet zum Beispiel, um die Frage nach dem Grund unserer Existenz auf diesem Planeten oder nach dem Grund für die Existenz unseres Universums zu untersuchen ? Zuerst kommt das Leben und dann kommt das Sprechen und das Denken und erst danach kommt der Geist. In dieser Reihenfolge. Ohne Leben gibt es keinen Geist, aber Leben geht auch ohne Geist, wie uns die Bakterien und einige unserer Mitmenschen jeden Tag auf neue beweisen.

... Papa ...

ein eingeborener (indigener) Amazonas-Indianer, der in einem brasilianischen Gefängnis sitzt, weil er der Urwald-Abholz-Mafia im Weg ist, hat andere Gedanken und einen anderen Geist, als ein deutscher Förster, der nach seiner Förster-Meister-Prüfung frei und gut gelaunt im Knechtstedener Forst spazieren geht. Eine Jugendliche, die in einem Slum von Manila groß wird und jeden Tag mit Hunger aufwacht, hat andere Gedanken, denkt anders, hat einen anderen Geist, als eine Jugendliche, die in einem US-amerikanischen Upper-class-Ostküsten-Elternhaus groß geworden ist und verzweifelt, weil sie nicht weiß, was sie mit ihren vielen Möglichkeiten anfangen soll.

2 Sprache und Geist

Denken und Geist folgen dem Leben, nicht umgekehrt, versucht das nicht umzudrehen, sonst landet ihr im Wunsch-Traum-Land und die Sache mit dem erfolgreichen Leben könnt ihr dann vergessen.

... Papa ...

Wie oft haben wir miteinander geredet, uns missverstanden und uns, jeder für sich, geärgert und später, zu spät, gedacht, dass wir mit den gleichen Wörtern und Sätzen doch oft sehr Verschiedenes gemeint haben.

... Papa, jetzt hast du wieder mal den Faden verloren, du wolltest erklären warum das Denken für manche Sachen ungeeignet ist! ...

ja, ja, schon gut, also unser Menschen-Geist und unsere Sprache sind eine tolle Sache, solange wir sie nutzen, um unser Leben in einem überschaubaren Bereich gut und erfolgreich zu gestalten. Für diese Aufgabe haben wir sie einmal erworben und der Erfolg bei der Lösung dieser Aufgabe war und ist im großen und ganzen offen-sicht-lich und großartig .... ok, das seht ihr vielleicht ein bisschen anders, aber ich will ja bei der großen Sache bleiben und da muss man ein paar Schritte zurücktreten, sozusagen mal abheben und die Sache von weiter oben betrachten. Also für das praktische Leben, für die Er-folgsgeschichte der Ausbreitung der Menschen auf diesem Planeten, waren und sind Geist und Sprache richtig gut und wichtig und we-sentlich gewesen. Für die Aufgabe aber, die Ursachen dieses Lebens, dieses Planeten, dieses Universums zu ergründen, sie zu verstehen in einem objektiven, wissen-schaftlichen Sinn, dafür taugt unser Denken nicht, weil es an den Marionetten-Fäden des jeweiligen Lebens hängt: Das Leben ist der Meister, das Denken ist der Sklave !!! Ich komme darauf zurück.

Hier ist jetzt erst mal gut, …. nee nee, is feedisch, besser geht im Moment nicht !!!

Zur Erinnerung und weil ich im Grunde meiner Seele auch immer noch ein bisschen ein Mathematiker bin, habe ich die Schlüsselbegriffe dieses Abschnittes in zwei Definitionen zusammen gefasst, wohl wissend, dass das Ganze dadurch nicht mathematischer wird:

Definition „Sprache"

Sprache ist eine hierarchisch strukturierte Sammlung von neurobiologischen Programmen, die in unserem zentralen Nervensystem ablaufen. Auf der untersten Ebene entsprechen diese Programme den Wörtern unseres Wortschatzes, auf der obersten Ebene handelt es sich um Programme, die Wörter zu Sätzen und Geschichten zusammenfassen. Input für diese Programme sind meist optische und akustische Phänomene unserer Umwelt, im Prinzip können aber auch alle anderen Reize, für die wir Antennen haben, als Input verarbeitet werden. Der Output ist meist akustischer Natur (gesprochene Wörter), kann aber auch eine Vielzahl anderer Modali-täten aufweisen (Schriftsprache, Denken), je nachdem welche man gelernt hat und beherrscht und verwendet. Die Verknüpfung von Input und Output lernen wir durch beobachten und nachmachen von unseren Eltern oder den Menschen, die in unserer „Sprach-lern-sensiblen Phase" mit uns reden. Das meiste haben wir dann so mit 3 Jahren intus, aber, wie wir Älteren wissen, man lernt nie aus. Aufgabe, Sinn und Zweck des Programm-Systems Sprache ist die Verbesserung der zwischen-menschlichen Kommunikation und die kennt kein Ende.

Definition „Geist (> Bewußtsein)"

Unser Geist ist ein neurobiologisches Programm-System, das in unserem Nervensystem abläuft (zentrales und vegetatives Nervensystem). Es hat die Aufgabe unsere Lebensprozesse zu schützen, zu bewahren und zu ver-bessern. Das Geist-Programm nutzt unter anderem auch die sich ausbildenden Sprach-Programme als Unterprogramme. Schlüsselreiz für die Entwicklung des Geist-Programm-Systems vom Typ „Mensch" ist das Auftreten des Ereignisses Selbst-Erkenntnis. Selbst-Erkenntnis ist das Ereignis das seinen Anfang nimmt, wenn wir zum ersten Mal vor dem Spiegel stehen und versuchen uns die Haare zu kämmen ohne das Mama oder irgend ein anderer uns dazu aufgefordert hätte. In der Folge wird das neuro-biologische Kommunikations-System Sprache um die Komponente „Reden mit Sich-Selbst" erweitert. Das Programm-System „Geist" reift aus und lauert danach immer im Untergrund. Das Programm-System Geist wird aktiviert, wenn ein Schwellenwert aus gefilterten und gewichteten Input-Signalen für die Dauer eines bestimmten Zeitintervalls überschritten wird. Das Programm-System Geist wird deaktiviert, wenn ein anderer Schwellenwert aus gefilterten und gewichteten Input-Signalen für die Dauer eines anderen, bestimmten Zeitintervalls unterschritten wird. Wenn dieses Ereignis eingetreten ist, sagen die anderen Fahrgäste in der U-Bahn: dä Jung is inje-schloofe oder so etwas ähnliches, ihr wisst ja, ich bin kein echter Kölscher ….

Und zum Abschluss für die ganz Eiligen unter euch kommt jetzt die

Zusammenfassung von Abschnitt 2:

- Sprache und Geist sind unser höchstes Gut.

- Zu viel Welterklärungs-Reden nervt.

- Zu viel Welterklärungs-Denken macht unglücklich.

- Redet einfach mit den Menschen und denkt nicht zu viel.

2 Sprache und Geist

• Verbündet euch mit den Lebensgeistern !

Geht mit Freunden Fußball spielen, Schwimmen, Spazieren und schickt euren Welterklärungs-Geist öfter mal auf Urlaub. Pflegt die Freundschaft mit den Lebens-Geistern und redet freundlich mit anderen Menschen über irgendetwas, aber versucht ihnen nicht die Welt zu erklären!

Das wäre jetzt eigentlich eine gute Überleitung zum nächsten Abschnitt „Gefühl und Leben", aber mir fällt gerade auf, dass die Sache mit dem Reden vielleicht doch etwas zu kurz gekommen ist ….

… man Papa …

doch doch, reden und reden ist nicht dasselbe. Da kann ich jetzt, nachdem mir das wieder eingefallen ist, nicht so einfach drüber weggehen. Da muss ich euch einfach noch was zu sagen :

Es gibt das nervige, vergeistigte „Welterklärungsreden", das hatten wir gerade, das ist die Form des Redens, die man in der Schule und in der Universität am häufigsten zu hören bekommt. Dann gibt es noch eine andere Art des Redens, bei der man keine komplizierten Gedanken sondern eher banale Gefühle zum Ausdruck bringt, ich nenne es „reden auf die kölsche Art": „Na Jung, wie is et ? ", danach erwartet man keinen medizinischen Sachstands-Bericht, sondern so etwas wie „juut, un selvs ?" Oder so ähnlich, wie bereits gesagt, ich bin keine kölsche Jung. Trotzdem, war wohl einfach zu lange in Köln …. also das kölsche Reden ist ein Reden, mit dem eine gefühls-mäßige Beziehung aufgebaut oder vertieft oder erneuert wird. Man sagt etwas Formales, Belangloses, damit der andere auch etwas ähnlich Belangloses sagen kann und nach ein paar Minuten hat man sich dann irgendwie eingeredet und beide haben ein gutes Gefühl, weil sie fühlen, dass sie sich verstehen, auch wenn das vielleicht von außen betrachtet gar nicht stimmt.

Und dann gibt es mindestens auch noch eine ganz andere Art zu reden, Überschrift „Kasernenhof-Sprache", also so eine Art „Kommando-Sprache", also so was wie: „gib her", „pass auf", „hau ab", „Augen rechts" .... , das Reden hat dabei die Funktion, einen anderen sprachgesteuert sofort und ohne Rückfrage dazu zu bringen, etwas Bestimmtes zu tun oder zu denken. Mit dieser Art zu Reden solltet ihr sparsam umgehen, da sie bei anderen Menschen selten gut ankommt. Wenn aber mal einer mit dem Handy vor der Nase dabei ist, vor die Straßenbahn zu laufen, kann ein rechtzeitiges und laut gerufenes „Halt" doch durchaus erwünscht und hilfreich sein, zumindest, wenn es dann nochmal gut gegangen ist.

Im richtigen Leben gibt es all diese Arten zu reden und sicher auch noch ein paar mehr Arten zu reden, alle gleichzeitig, sie werden gut gemischt und ohne Vorwarnung eingesetzt. Deshalb gehört das Reden zu den richtig schwierigen menschlichen Fähigkeiten, die man oft und immer wieder mit den verschiedensten Menschen und in den verschiedensten Zusammenhängen üben muss, wenn man gute Ergebnisse erzielen will. Und manche lernen es nie ....

... ja, Papa ...

So, jetzt hab ich aber doch schon wieder viel zu viel geredet ....

2 Sprache und Geist

... oh ja ...

also, jetzt soll es mal gut sein mit Sprache und Geist .... klar, eigentlich müsste ich noch ein paar Worte zum Verhältnis von Sprache, Denken und Reden verlieren, aber alles geht halt nicht, ich will ja keinen Wissenschaftsroman schreiben ....

... willst du doch, Papa ...

nein, nein, ganz bestimmt nicht, aber es gibt doch noch so viel zu sagen, also weiter im Text und mit dem nächsten Abschnitt „Gefühl und Leben"

3 Gefühl und Leben

Ja, denkt nicht so viel, sondern tut etwas. Natürlich nicht irgendetwas, nicht so was wie Mülltonnen anzünden oder Heuschrecken die Beine ausreisen. Nein, tut etwas, was für die ganze Menschheit von Nutzen ist, etwas Positives, etwas von dem alle etwas haben. Es schadet ja nicht, wenn es nebenbei auch euch noch etwas nutzt.

Wenn ihr weiter an meinem Text dran bleibt, werdet ihr im Abschnitt „Geld und Politik" mehr dazu erfahren.

Jetzt muss ich aber erst noch mal etwas zur Ehrenrettung unserer Sprache sagen, weil sie für unser Leben lebenswichtig ist oder vielleicht ist es besser zu sagen, lebenswichtig war, egal wie, ich glaube, dass das alles im letzten Abschnitt doch etwas zu kurz ....

... Papa, das Thema hatten wir doch gerade ...

ja, doch, das muss trotzdem sein ....

... wenn du denkst, du denkst, dann denkst du nur du denkst ...

ja, ok, wenn man so vor sich hin denkt, kommt man sich schnell sehr tiefsinnig vor und ist aber doch meist nur sehr flachsinnig oder gar schwachsinnig, was einfach daran liegt, dass Denken ja im Grunde genommen nichts anderes ist inneres Reden mit sich selbst, also unser ganz persönliches Hirn beschäftigt sich ganz persönlich mit sich selbst, dreht sich sozusagen dauernd im Kreis ....

3 Gefühl und Leben

Aber die Sprache, die Sprache hat für den Erfolg der Mensch-heit hier auf dieser Erde Großartiges geleistet. Sie hat dies erreicht durch ihre scheinbar unerschöpfliche Fähigkeit aus den stark gefilterten Informationen unserer wenigen und einge-schränkten Sinne, so wie wir sie halt nun mal haben, ich meine sehen, hören, riechen, schmecken, tasten, also auf dieser mickrigen Basis, hat unsere Sprache es unserem Geist ermög-licht großartige Gedankengebäude zu schaffen und großartige Gesellschaften hervorzubringen, die alle bisherigen Errun-gen-schaften auf diesem Planeten weit in den Schatten gestellt haben und es auch weiterhin und mit schnell zunehmender Geschwindig-keit tun.

Die Sprache ist die Mutter unseres Denkens: eine großartige, faszinierende Errungenschaft in unserer Entwicklungsge-schichte. Sie hilft bei der Lösung von schwierigen Aufgaben, sie ist ein unersetzliches Hilfsmittel, ein universelles Werkzeug, um unser Leben erfolgreicher zu machen.

Der schillernde Charakter von Sprache und Denken hat viele Menschen leider auch auf falsche Gedanken gebracht. Die Kultur- und Politik-Geschichte der Menschheit ist angefüllt mit schwachem Tiefsinn und tiefem Schwachsinn.

Das wirklich wichtige in unserem Leben, in meinem Leben wie in eurem Leben, ist das Leben selbst, nichts mehr und nichts weniger. Mit unserem Tod löst sich unser persönliches, körper-liches Leben auf, wir hinterlassen Spuren, wir hinterlassen neues Leben, das Leben geht weiter, wenn unser Leben zu Ende geht.

3 Gefühl und Leben

Es gibt Menschen, deren Spuren, deren Wirken, ist auch noch tausend Jahre nach ihrem Tod für die dann lebenden Menschen sichtbar und spürbar. Das nützt zwar den toten menschlichen Urhebern nichts mehr, aber es tut ganz allgemein dem menschlichen Ego der Nachgeborenen gut: Es gibt ihnen Hoffnung, dass nicht immer alles Mühen vergeblich ist, es macht Mut, ein mühseliges Leben zu leben.

Nur hat es eine Nachwirkung über die Geschichte der Mensch-heit hinaus? Was bedeutet es für unser Universum? Was sind schon ein paar tausend Jahre für unseren Planeten, für unser Universum? Ein Wimpernschlag! In 4 oder 5 Milliarden Jahren wird es unsere Erde nicht mehr geben und auch unsere Sonne wird dann erloschen sein, ausgebrannt, burned out sozusagen. Das Leben in der Form, wie wir es jetzt kennen und lieben und manchmal auch hassen, dieses Leben wird es dann nicht mehr geben ....

... Papa, dein Thema ! ! ! ...

ja, doch, ja, also bevor ich jetzt in philosophischen Trübsinn über das Schicksal der Menschheit auf unserem Planeten versinke, was wollte ich euch eigentlich sagen, außer das die Sprache so wichtig ist, für uns alle ? .... ach so, ja, also, klar doch, ich wollte euch sagen, was das Wichtigste überhaupt ist, was das Leben ist, was macht Leben aus?

Wenn wir nur denken, reines Denken denken, Kopf-Kino-gucken, Tag-träumen, dem Gehirn bei der Arbeit zusehen, dann merken wir gar nicht, dass wir leben; erst wenn wir auf einmal Hunger haben und unser Magen knurrt oder wenn uns irgendwas wehtut, weil der

3 Gefühl und Leben

Kopf schief auf dem Hals gelegen hat, oder uns ein Arm oder ein Bein eingeschlafen ist, weil diese unsere Körperteile das alles so langweilig fanden, erst dann fällt uns wieder ein, dass wir überhaupt einen Körper haben, einen der lebt und sich beschwert, das wir ihn vergessen haben.

Leben heißt fühlen, Leben ist fühlen, jedenfalls für uns Kopf-Menschen. Bakterien haben es an dem Punkt deutlich einfacher mit ihrem Leben. Aber Bakterien sind vielleicht doch zu einfach strukturiert als gutes Beispiel für uns selbst. Nehmen wir mal ein etwas komplizierteres Lebewesen als Beispiel, ein Pantoffel-Tierchen. Ich meine damit jetzt nicht die Mehrheit der Männer, die unter dem Pantoffel ihrer Frauen stehen, nein, ich meine genau diese kleinen Tierchen, die wohl wegen ihrer Pantoffel-Form diesen Namen abgekriegt haben, Tierchen, die schon vor Millionen von Jahren, lange bevor es Menschen gab, das Licht dieser Welt erblickt haben, haben sie das wirklich? Das Licht erblickt? Haben sie Augen? Na ja, ich glaube nicht, ist jetzt aber auch egal .... also dieses Tierchen, also mehr so diese Art, die hat es geschafft, Millionen von Jahren, bis zum heutigen Tag zu überleben, das sollte uns ein Ansporn und eine Mahnung sein, da haben wir Menschen doch noch viel vor uns !

... Papa, konzentrier dich !!! ...

.... also gut, was ist ein Pantoffel-Tierchen ? Was macht es zum Lebewesen? Es hat eine stabile Hülle, eine Grenzschicht, eine Membran, eine Außenhaut, die sein sensibles Innenleben vor der chaotischen Außenwelt schützt. Es hat eine Art Mund, eine Region in dieser Grenzschicht, die es ihm ermöglicht bestimmte Stoffe aus der Außenwelt über die Grenze hinweg in den Innenraum zu befördern. Diese speziellen Stoffe sind seine Nahrung, die es dann in Energie umwandelt.

Die Energie braucht es, um seine innere Struktur zu schaffen, um sie zu erhalten, sie zu verteidigen und um sich fortzu-pflanzen. Die bei der Gewinnung der inneren Energie anfallenden Reste der verarbeiteten Nahrung werden ordent-lich wieder ausgeschieden, das heißt, der für das Tierchen unbrauchbare Müll wird wieder ganz legal über die Grenze nach draußen geschafft. Einfach so. Heute ist das alles viel schwieriger geworden, Bio-Tonnen gab es damals noch nicht, ich werde das jetzt nicht weiter vertiefen.

Und es gibt noch einen weiteren, wirklich höchst-bemerkens-werten Aspekt im Leben dieses Tierchens: genauso wie der Mensch hat auch das Pantoffel-Tierchen eine durchaus kompli-zierte, wählerische Art der Fortpflanzung. In diesem Punkt ist es sogar noch viel raffinierter als wir. Je nach Lage der Dinge hat es nämlich viel mehr Optionen als wir: Wenn kein geeigne-ter Geschlechts-Partner in der Nähe ist, und wer kennt diese Situation nicht ....

... Papa :-(...

ja, gut, also wenn kein geeigneter Geschlechts-Partner in der Nähe ist, dann kann das Pantoffel-Tierchen sozusagen mit sich selbst als Partner oder Partnerin Nachwuchs zeugen. Also nicht nur homo-sexuell sondern sogar auto-sexuell und das sogar ohne Auto. Wenn aber genügend attraktive, andere, paarungs-bereite Pantoffel-Tier-chen in der Nähe sind, dann treiben sie es hetero-sexuell !!! ....

3 Gefühl und Leben

einfach, weil das mehr Spaß macht .... und, um dem Ganzen noch die Krone aufzusetzen, sie können sich dabei frei entscheiden, ob sie Männchen oder Weibchen sein wollen .... also, ihr müsst mir Recht geben, das ist eine sehr, sehr schicke Lösung .... was haben wir Menschen doch für einen Stress mit dem Thema: heterosexuell, homosexuell, transsexuell, bisexuell, sonst-wie-sexuell, gar-nicht-sexuell, ... alle diese Probleme wären mit einem Schlag gelöst ....

... Papa, du bist schon wieder dabei, den Faden zu verlieren ! ...

ok, ja, ihr habt ja Recht, also, wo war ich gerade dran? Ach so, ich wollte euch erklären was das Leben ist. Also das Pantoffel-Tierchen lebt gut vor sich hin und dazu braucht es kein Hirn, keinen Geist und keinen Verstand. Leben heißt ein Lebewesen zu sein, eine stabile Hülle zu haben, die das geordnete Innere vom großen Chaos da draußen trennt und schützt. Dazu gehört weiter, einen ordentlichen Stoffwechsel zu haben, der die Energie für das Leben liefert, für die Aufrecht-Erhaltung des stabilen Innenlebens, für die Verteidigung der Grenze gegen das Chaos da draußen, für die Nahrungs-Beschaffung und natürlich und ganz bestimmt nicht zuletzt auch für die Fortpflanzung:

Ein Lebewesen, das ein solches sein will, muss sich selbst, zu-mindest so im Groben, vervielfältigen können, so wie die Pflanzen, die Tiere und die Pilze das machen und noch viele andere auch, die mir jetzt gerade nicht einfallen.

3 Gefühl und Leben

Leider können das auch die Bakterien ziemlich gut, obwohl es davon, weiß Gott, schon genug gibt. Bei den Viren ist das mit der Vermehrung noch effektiver organisiert, nur das mit der festen Hülle stimmt da so nicht, weshalb die Menschen auch nicht so recht wissen, ob man sie nun zu den Lebewesen zählen soll oder eher nicht. Egal, auf jeden Fall solltet ihr trotzdem ein Auge auf sie haben !!!

Der Motor für die ganze Betriebsamkeit sind biochemische Prozesse. Sie liefern die Energie und steuern den Prozess durch die Ausrichtung nach chemischen Ungleichgewichten. Je größer das Ungleichgewicht, desto größer der Antrieb. Ist das Ungleichgewicht mehr oder weniger aus-ge-glichen, herrscht erst einmal wieder große Zufriedenheit. Gibt es überhaupt keine Differenzen mehr, aber auch gar keine Differenzen mehr, ist das Tierchen absolut glücklich oder absolut tot. Je nachdem.

Beim Menschen ist das auch nicht viel anders. Nur dass beim Menschen die chemischen Ungleichgewichte Empfindungen oder sogar Gefühle hervorrufen. Weil der Mensch spezielle Sensoren hat, die die Reize aus der Außenwelt in spezifische Zustände der Innenwelt umwandeln und diese Zustände dann über ein Nervensystem an ein Steuerungszentrum vermittelt werden und dieses dann nochmal irgendeinen Hokus-Pokus damit treibt ....

hat das Pantoffel-Tierchen aber alles nicht, braucht es aber auch nicht. Glückliches Tierchen, oder auch nicht, es empfindet ja nichts, also kann es sich auch nicht glücklich fühlen und vor allem auch nicht unglücklich fühlen.

3 Gefühl und Leben

Die meisten Probleme, die wir Menschen haben, fangen mit den Nerven an ….

… Papa …

Ja, is ja gut, also wenn ein solches Nervensystem, ein neuro-nales System, komplex genug wird, um im Inneren des betref-fenden Lebewesens ein Abbild von lebenswichtigen Aspekten der Außenwelt schaffen zu können, dann kann das betreffende Lebewesen passende Empfindungen dazu entwickeln, falls das für seinen eigenen Lebensprozess oder den Lebensprozess seiner Art oder den seiner Gruppe von Vorteil ist.

Wenn das Lebewesen jetzt noch komplizierter wird, wenn es sich selbst als Wesen erkennt, zum Beispiel auf einer spiegeln-den Wasseroberfläche, dann kann es ein Selbst-Bewußtsein erlangen und aus den Empfindungen können Gefühle werden.

Ob das tatsächlich ein Vorteil ist, weiß ich nicht, da bin ich noch am drüber nachdenken. Euer Papa ist halt auch noch nicht mit allem am Ende, also entweder war das mit den Gefühlen ein Betriebsunfall oder es hat tatsächlich auch einen Nutzen für das Überleben, Überleben von wem oder wovon auch immer.

Man sagt ja, dass die Natur nur dann etwas über viele Generationen hinweg beibehält, wenn es dem Lebewesen selbst oder der Gruppe oder der betreffenden Art einen Überlebens-vorteil bietet oder am Beispiel Wurmfortsatz, wenn es keinen system-relevanten Nachteil hat und Einigen sogar Vorteile bringt, in dem Fall den Chirurgen beispielsweise.

3 Gefühl und Leben

Was unterscheidet uns vom Pantoffel-Tierchen? Klar, die Kom-plexi-tät unseres Körpers, unser Geist, unser Selbst-Bewußtsein, unsere Ge-danken, unsere Gefühle …. ja, ja, aber warum hat das in der Ge-schichte des Lebens einen so großen Vorteil für uns gebracht, so groß, dass wir jetzt ohne Frage die erfolg-reichste Art auf diesem Pla-neten unter den großen (~ 170 cm hoch, ~ 70 kg schwer) Lebewe-sen sind? Und was heißt schon erfolgreich? Wenn man den Erfolg ei-ner Art von Lebewesen mit der Anzahl Exemplare pro Quadrat-Meter oder dem Gewicht der Biomasse aller Mitglieder misst, wenn man das so macht, dann gewinnen wohl eher die Bakterien. Oder die Al-gen. Oder Viren, aber da kann man drüber streiten ….

… Papa, konzentriere dich …

ja, ja, aber es beschäftigt mich doch, und wenn ich mich recht erinne-re, hatten wir bislang auch noch kein zufriedenstellendes Ergebnis bei der Definition von Lebenserfolg ….

… ja Papa …

also beim Lebenserfolg werden uns möglicherweise auch Algen oder Pflanzen oder was auch immer den Rang streitig machen. Und auch wenn wir uns mit denen natürlich nicht vergleichen wollen, weil sie uns zu klein oder zu groß oder zu primitiv sind, dann liegen aber auch schon direkt die Ameisen auf der Lauer, um uns den ersten Platz streitig zu machen. Von Ratten und Mäusen ganz zu schweigen, die werden uns spätestens dann überholen, wenn wir Menschen, statt uns gegenseitig zu achten und lieb zu haben, wenn wir uns stattdessen mit Atom-bomben oder ähnlichem Gerät gegenseitig den

3 Gefühl und Leben

Gar ausmachen. Von Ratten weiß man, dass sie nicht annähernd so strahlen-empfindlich sind wie wir und bei den vielen organischen Abfällen die nach einem atomaren Weltkrieg überall herum-liegen, werden sie erst mal so richtig loslegen ....

... Papa, dein Thema ...

ja, ja, also Leben, Leben ist eine Art Spiel. Das Spielfeld ist unser Universum, Spieler und Spielfiguren sind nicht wirklich sauber definiert, das Begleitheftchen, das der Schöpfer dazu-gelegt hat, ist wohl verloren gegangen. Die Älteren, die noch eine schwache Erinnerung daran haben, sagen, dass es gerade in diesem Punkt ohnehin ziemlich vage war, möglicher-weise, weil das Ganze ein eher kryptisches Online-Spiel ist, ein Online-Spiel der ganz anderen Art und die Menschen haben das sowieso niemals so richtig verstanden ....

... Papa, das ist ja jetzt wohl alles irgendwie abgehoben, daneben, am Thema vorbei, das ist ...

.... ja, ja, doch, nein, also das ist schon so ungefähr richtig, aber ich will euch ja auch nicht alles vorher verraten, ihr sollt euch doch auch eure eigenen Gedanken dazu machen ....

... na, danke ...

bitte! ....

Also eins noch, doch, ja, weil das für uns Menschen immer wieder ein Problem ist: Wenn wir ein fertiges Lebewesen sehen, ist uns meistens klar, dass wir ein Lebewesen vor uns haben. Nur, was ist mit dem unfertigen Wesen, mit dem befruchteten Ei, aus dem wir uns in unserer Unbekümmertheit ein leckeres Frühstücksei machen. Wir hätten es auch der Mutter zum Ausbrüten lassen können, dann wäre ein niedliches Küken daraus geworden, aus dem wir dann später ein leckeres Brathähnchen ….

... *Papa* ...

ja, nein, ihr habt ja Recht, das ist tatsächlich ein viel zu ernstes Thema, um es auf die lockere Art zu behandeln. Vor allem, wenn man an die Situation der Menschwerdung beim Menschen selbst denkt. Hier treffen persönliche Interessen der beteiligten Frauen: „Mein Bauch gehört mir" auf gesell-schaft-liche Interessen: „Das werdende menschliche Leben gehört dem Staat, der Gemeinschaft der Menschen oder dem lieben Gott oder der Leih-Mutter, dem Reproduktions-Labor, dem Vor-mund-schafts-Gericht ….". In diesem Konflikt zeigt sich für uns Menschen auf dramatische, oft grausame Weise, das die Regeln des Lebensspiels nicht von einem Gott, der den Menschen wohlgesonnen ist, gemacht wurden. Dazu kann ich euch ….

... *Papa, dein Thema ! ...*

Ja, gut, ja, schade eigentlich, also das mit dem Leben hätten wir jetzt mal soweit, so grob, soweit ich es eben selbst verstehe, auch das mit den Gefühlen, die für uns Menschen nichts anderes sind als der bewusste Ausdruck der biochemischen Lebenssteuerung, auch wenn uns das selten so vor-kommt, also, das hätten wir jetzt erst mal abgehakt …. eine Frage solltet ihr jetzt aber doch noch fragen, warum fragt ihr eigentlich gar nichts mehr ??? ….

3 Gefühl und Leben

... Papa, denk bitte mal an deine Worte am
Anfang ...

ja, ja, is ja schon gut, also, dann lasst mich doch wenigstens so tun als ob, also, fragt mich doch mal, warum sich das Leben nicht mit den Bakterien und den Einzellern zufrieden gegeben hat? Warum musste alles immer komplizierter werden? ....

Nun, das ist eine gute Frage, findet ihr nicht auch ? .... ich denke, es lag einfach daran, dass es möglich war, mehr zu machen, da geht noch was und eben damit wurde auch alles immer komplizierter. Keiner hatte Verbotsschilder aufgestellt. Und wenn doch, dann wurden sie einfach ignoriert. Es ist ein Spiel mit sehr vage definierten Spielern und Spielfiguren, die sich ständig erneuern, sich verändern und auch sang- und klanglos wieder verschwinden. Und auch der Spielplan ist nicht wirklich gut definiert und die Sache mit den Spielregeln ist ebenfalls ziemlich vage, da könntet ihr ruhig auch mal nach-fragen!

... hey, du lässt uns doch gar nicht zu Wort
kommen, du redest und redest ... komm jetzt
einfach mal auf den Punkt! Wie ist das nun zum
Beispiel mit den Spielregeln? ...

also gut, also ja, natürlich gibt es Spielregeln, ein Spiel ohne Spielregeln ist eine Katastrophe und kein Spiel, aber wie gesagt, das Begleitheftchen ist verloren gegangen, und die Alten, die noch eine vage Erinnerung daran haben, die sagen, ja, all zu viel Genaues stand da wohl auch nicht drin oder sie können sich einfach nicht mehr gut genug erinnern ….

... du kannst dich auch nicht mehr gut genug erinnern, das alles hast du schon mal erzählt ...

Ja doch, ja, ich weiß ja, aber zu eurem und zu meinem Trost sei gesagt, die Menschheit bemüht sich seit Jahr und Tag die Spielregeln im Nachhinein herauszufinden, so nach der Methode „reverse engeneering" und das muss man jetzt einfach auch mal sagen, in den letzten Jahren hat die Sache richtig Fahrt aufgenommen.

Im nächsten Abschnitt „Wissenschaft und Glaube" werde ich euch mehr dazu erzählen, hier sei nur so viel verraten: Selbst das Leben muss sich an (Natur-) Gesetze halten, sonst ist es schnell vorbei mit dem Leben! Also ich sage euch, das Leben tut und macht alles was geht und oft sogar auch vieles was nicht geht, nur dass das, was nicht geht, dann auch bald wieder (unter-)geht. Wobei „bald wieder untergeht" sehr relativ ist.

Die Dinos haben auf ihre Art immerhin mehr als 160 Millionen Jahre lang ein sehr erfolgreiches Leben auf diesem Planeten gelebt, da kann man nicht meckern, da kann man nicht sagen, dass das ein Flop war und in letzter Zeit haben Fischer aus der tiefsten Tiefsee unter dem Eis der Antarktis Kreaturen ans Tageslicht befördert, die dort unbe-kannter-weise über Millionen Jahre feucht-fröhlich vor sich hin gelebt haben mit einer Art Frostschutz-Mittel im Blut und ich kann diesen Wesen nur Wünschen, dass das auch noch lange so bleibt, jetzt nachdem die Menschen davon erfahren haben ….

3 Gefühl und Leben

... Papa ...

ja, ja, ich komm ja schon wieder auf den Punkt, also das Leben will leben und tut und macht alles, was möglich ist um zu leben und vor allem auch um zu überleben.

Noch etwas ist mir wichtig, das muss ich euch jetzt doch noch deutlich und mit Nachdruck sagen: trotz aller Experimentier-freudigkeit erfindet sich das Leben nicht immer wieder neu. Auch wenn mal was schief geht und in einer Sackgasse endet, nimmt sich das Leben von den Überresten des gescheiterten Versuches möglichst viele, große Einzel-Teile her, Teile, die übrig geblieben sind und macht dann am liebsten mit einer neuen Kombination von bewährten Teilen weiter.

Es funktioniert also alles nach dem Baukastenprinzip, mittlerweile hat sogar unsere Automobil-Industrie gemerkt, dass das keine schlechte Idee ist, auch wenn sie, was das Gefühl für gut oder schlecht angeht ....

... Papa ...

ja, also, gut, Schwamm drüber, also, einmal existierende und funktions-tüchtige Bausteine von Lebewesen, z.B. Augen, Achsen-skelette, Nervensysteme, Köpfe und Hirne, Arme und Beine werden mehr oder weniger ähnlich immer wieder weiter-verwendet .... klar, beim Leben im Wasser sind dann statt der Beine eher Flossen angesagt und beim Fliegen sind die Arme eher Flügel ....

Manchmal denke ich, was wäre das doch für eine gute Lösung, wenn uns zusätzlich zu Armen und Beinen auch noch Flügel wachsen würden, so wie man das auf alten Kirchenbildern bei den Engeln sieht. Die ganzen großen und immer größer werdenden Probleme, die unser Mobilitäts-Wahn in unseren verstopften und verschmutzten Städten produziert, wären mit einem Schlag ....

... *Papa, jetzt is aber bald gut* ...

ja doch, ja, ich weiß ja, ... trotzdem .... also Mutter Natur hat aus unseren Vorderflossen Arme gemacht und keine Flügel. Und wenn es Flügel geworden wären, dann hätten wir jetzt halt keine Arme und das wär ziemlich blöd, die Vögel können ein Lied davon singen, wenn sie denn singen können und nicht gerade etwas im Schnabel tragen müssen, weil sie halt keine Arme haben ....

... *Papa, is gut, hör auf, komm jetzt endlich wieder zum Thema zurück* ...

ja, gut, ja, aber eine Sache fällt mir gerade ein, die muss ich jetzt doch noch loswerden ....

... *neiiin* ...

doch, doch, also klar, das mit dem „fangen wir doch noch mal besser wieder ganz von vorne an", also das mit dem großen Re-Design, das kriegt Mutter Natur so nicht so wirklich auf die Reihe, aber wir Menschen sind ja inzwischen doch eine ganze Ecke weitergekommen, wir haben unseren eigenen genetischen Bauplan entschlüsselt und sind schon ganz erfolgreich dabei ....

... *Papa, das ist ja jetzt wohl nicht dein Ernst !?!* ...

doch, doch, doch, schon, ... überlegt doch mal, wenn das jetzt so weitergeht, dann fliegen uns bald schon irgendwann ständig und überall irgendwelche Drohnen um die Ohren, während uns am Boden irgendwelche autonomen Fahrzeuge (fast) über die Füße fahren .... also wäre es da nicht viel besser, wenn sich die Menschen selbst um die Ohren fliegen?

Also natürlich nicht im Sinne von explodieren, ich meine das freundlich, mehr so wie die Schmetterlinge das machen, wenn sie um die Blumen herum fliegen .... Auf jeden Fall wäre das auch besser für die Umwelt, Ökobilanz und alles und so, die Menschen würden wieder sportlicher werden, selber fliegen kostet Kraft, die eigene Kraft und braucht Kondition, unsere Krankenkassen würden das auch begrüßen .... ja, ja, doch, doch, ehrlich, man sollte das mal ganz ernsthaft ins Auge fassen ....

... Papa, träum weiter ...

na gut, schade eigentlich, das euch das so wenig interessiert .... also dann suche ich jetzt erst Mal einen guten Abschluss für diesen Abschnitt .... gut, also zuerst wieder die Definitionen für die neuen Schlüsselbegriffe:

Definition „Gefühl"

Gefühle sind besondere Zustände unseres Nerven-systems, die unser Geist mit Hilfe unseres Körpers erzeugt, um uns das Leben einfacher, na ja, einfacher ist nicht immer so ganz richtig, ich sage mal, um unser Leben erfolgreicher zu machen! Und das manchmal sogar gegen unseren eigenen Willen !!! Beispielsweise hilft uns das Gefühl der Angst, gefährliche Situationen zu meiden: Wenn uns das Gefühl „Lust auf was Süßes" dazu antreibt, den Bienen den Honig wegzunehmen, kann es hilfreich sein, wenn man Angst vor Bienen hat. Trotzdem löst das den Konflikt zwischen den Gefühlen nicht auf, es sei denn wir kaufen den Honig im Supermarkt …. … *sehr witzig, Papa …* und noch ein Beispiel: Das Gefühl Liebe treibt uns in eine feste Bindung zu einem anderen Menschen. Das ist wichtig und gut für das Leben, vor allem für das zukünftige Leben, aber es bringt oft auch wieder neue Konflikte mit sich: das Gefühl Neugier dürft ihr dann nicht mehr unein-geschränkt ausleben, sonst klappt das mit der Liebe nicht mehr!

Aber gut, Konflikte liegen in der Natur der Sache und natürlich auch in der Natur des Lebens und damit sind wir auch schon bei der nächsten Definition:

Definition „Leben"

3 Gefühl und Leben

Leben ist ein Spiel, bei dem es um das Suchen und Aus-nutzen von (Energie-) Differenzen (Konflik-ten) geht mit dem Ziel, Leben zu erhalten, zu stärken und neues Leben zu schaffen …. gut, das ist jetzt ein bisschen abs-trakt, theoretisch, also konkreter, näher an der Praxis: die praktische Er-scheinungsform von Leben auf unse-rem Planeten sind Lebewesen und so kommt jetzt direkt noch eine weitere Definition:

Definition „Lebewesen"

Ein Lebewesen ist eine abgegrenzte, strukturierte Sammlung von Molekülen nebst den zugehörigen bio-chemischen Reaktionen und Programmen, die die fol-genden Bedingungen 1 bis 4 erfüllen:

1.) Die strukturierte Sammlung hat eine geschlossene Kugel- oder Donut-homöomorphe Form mit einer festen, teilweise halb-durch-lässigen Oberfläche und sie hat damit immer ein Innen und ein Außen.

2.) An der Grenze zwischen Innen und Außen findet ein aktiver Stofftransport statt: Energie-reiche Stoffe aus der Umwelt werden ins Innere transportiert. Abbau-Produkte werden aus dem Inneren nach draußen gebracht.

3.) Im Inneren finden biochemische Prozesse statt mit dem Ziel die innere Struktur zu sta-bilisieren und die Energie für die Lebens-Prozesse zu gewinnen.

4.) Das Bio-Konglomerat reproduziert sich selbst, d.h. es stellt mehr oder weniger viele, mehr oder weniger identische, sich selbst-ähn-liche Kopien her, die wieder die Eigenschaften 1. bis 4. erfüllen.

Zusammenfassung Abschnitt 3:

* Wir Menschen sind Teil eines großen Spieles, des Lebens-Spiels und unser bewußtes Selbst wird dabei von unseren Gefühlen beherrscht und gesteuert.

* Unser Geist hat nicht sehr viel zu sagen.

* Unsere Zukunft liegt in der Fähigkeit uns und unsere Welt auf der Basis naturwissenschaftlicher Forschung zu erkennen und zu verändern.

* Unsere Zukunft steht in den Sternen (weil wir nicht wissen, wie das Spiel ausgeht)

3 Gefühl und Leben

Wir sind uns unseres Lebens mehr oder weniger bewußt, unsere alt-modischen Gefühle steuern uns durch das Chaos, in das wir hinein geboren werden. Unser Geist hat eine sehr er-folgreiche Kultur und eine noch erfolgreichere Naturwis-senschaft hervorgebracht ....

... Papa, jetzt fängst du schon wieder von vorne an ...

nein, nein, ich will doch nur noch etwas sagen, was ich vergessen habe .... mir ist da noch was eingefallen, ich muss unbedingt noch was zur Ehrenrettung des Geistes sagen:

... Papa, das Thema ist schon abgehandelt ...

ja, doch, trotzdem, also, Mutter Natur hat uns nicht schlecht, aber auch nicht gerade super gut ausgestattet ....

... na ja, dich vielleicht nicht ...

hey, gelbe Karte, böses Foul, das war keine sehr freundliche Bemer-kung gegenüber eurem Vater, ich meine das doch ganz anders, also, ich meine, alleine mit unserer persönlichen, bio-logischen Grundaus-stattung hätten wir unser Leben hier auf dem Planeten kaum dauer-haft erhalten können, dazu waren unsere damaligen Mitbewohner, die Gorillas und die Schim-pansen, die Tiger und die Löwen und vie-le andere mehr, die waren einfach zu gut aufgestellt. Nein, unser er-folgreiches Überleben in der freien Wildbahn haben wir tatsächlich unserem Geist, unserer Kultur und unserer Religion zu ver-danken.

Aber ich sage euch auch noch ein Zweites: Wenn wir es bei Geist, Kultur und Religion belassen hätten, dann würden wir heute noch leben, wie ehedem die Indianer, die Wikinger- oder die Hunnen-Horden .... im Einklang mit der Natur und in mäßiger Feindschaft untereinander, die Tage, die Monate und die Jahre würden kommen und gehen ....

... Papa ...

ja, aber so ist es nicht gekommen, irgendwann entwickelte sich aus dem Kulturbetrieb heraus eine Art wissenschaftliche Methode der Welt Fragen zu stellen, entwickelte sich eine Art, die Welt mit anderen, mit neuen Augen zu betrachten und .... jetzt hör ich aber schnell auf, bevor ihr etwas böses sagen könnt und mache mit dem nächsten Abschnitt weiter.

4 Wissenschaft und Glaube

In der langen Geschichte des Lebens auf unserer Erde gab es einige markante, herausragende und bemerkenswerte Ereig-nisse, die dem Leben eine neue Qualität und eine neue Richtung gegeben haben ....

... man, Papa, das fängt ja wieder gut an, das Thema mit dem Leben hatten wir gerade, wenn du dich vielleicht noch erinnern kannst ...

ja doch, ja, aber nein, natürlich, es hängt doch immer wieder alles mit allem zusammen ....

... Papa ...

also verspreche euch, ich werde euch jetzt nicht mit alten Geschichten langweilen, ich werde nur noch auf das letzte dieser Ereignisse eingehen, weil es noch nicht lange her ist und weil wir alle auch noch nicht so richtig wissen, was eigentlich die neue Qualität des Lebens nach diesem Ereignis sein wird und welche neue Richtung das Leben jetzt nimmt, wie das Spiel jetzt weitergeht und natürlich erzähle ich euch das alles, weil die technische Wissenschaft, die Natur-Wissenschaft, die Ingenieurs-Wissenschaft, die ich doch so liebe, dabei eine zentrale Rolle spielt.

Das Schlüsselereignis, das ich meine, war die Erfindung von Computern, die fabrik-mäßige, massenhafte Herstellung von solchen Com-

puter-Geräten und die dadurch mögliche, rasante Verbreitung und Nutzung dieser Geräte von Menschen überall auf der Welt.

Natürlich ist „Computer" ein sehr dehnbarer Begriff. Es war ein langer Weg von den Anfängen mit großen Kisten voll von Zahnrädern, Stangen und Hebeln bis hin zu unseren heutigen Handys, die man in die Tasche stecken kann, mit denen man reden kann und die einem oft verblüffende und immer häufiger sogar brauchbare Antworten geben. Es war ein langer Weg und der Weg ist auch lange noch nicht zu Ende gegangen ….

... *Papa* ...

ja, was will ich euch eigentlich sagen? …. ja, also, das gut gefühlte Leben braucht keine Computer, es braucht keine Büro-kratie und es braucht keine Finanzämter. Es braucht keine Massentierhaltung und keine Atombomben.

Trotzdem haben wir das jetzt alles. Warum? Gut, ich sage euch warum: Schuld daran ist unsere Faulheit!

... *Papa* ...

oder die Wissenschaft, wenn ihr das lieber hören wollt. Ja, doch, beides ist richtig und das kam so: vor mehr als zehn-tausend Jahren sind die Menschen müde geworden vom ewigen durch die Gegend ziehen und Futter suchen und haben beschlossen, dass es besser ist seßhaft zu werden und andere für sich arbeiten zu lassen ….

... Papa, du verzettelst dich schon wieder, du wolltest was vom neuen Zeitalter, vom Computer-Zeitalter, erzählen ...

Ja doch, ja, ich habe aber gemerkt, dass ich dazu doch noch weiter ausholen muss, also manchmal merkt man erst, dass man etwas vergessen hat, wenn man schon unterwegs ist und dann wird man ja nochmal zurückgehen dürfen ....

... na ja Papa, aber doch nicht ständig und immer wieder; irgendwann muss man auch mal auf den Punkt kommen und zwar auf einen neuen Punkt und nicht immer wieder auf den alten Punkt ! ...

also gut, ich konzentriere mich und fasse mich kurz .... so kurz, wie ich eben kann ....

... oh je ...

nix oh je .... also, ich glaube, dass die Menschen neben ihrem Sprachtalent noch ein zweites großes Talent haben und das ist das Rechen-Talent. So etwas wie ein Gefühl für Muster, Zahlen und Proportionen!

... buuhh ...

ja, ja, ich höre wohl eure Buh-Rufe und ihr kennt auch ganz viele Beispiele von Menschen, die nun absolut kein solches Talent haben und manche dieser Menschen stehen euch sogar sehr nahe, sehr sehr nahe und es gibt sogar ganze Völker am Amazonas, die überhaupt keinen Sinn für Zahlen haben und das ist sogar wissenschaftlich bewiesen und trotzdem leben sie fröhlich vor sich hin …. na ja, also sie lebten so fröhlich vor sich hin, bis die ersten Missionare und Sprach-Forscher sie ent-deckt hatten ….

Trotzdem, ich bleibe beim Rechen-Talent, im Gegensatz zum Sprach-Talent, die beiden Talente vertragen sich anscheinend auch nicht besonders gut, hat man zu viel von dem einen, hat man zu wenig von dem anderen und umgekehrt. Also, egal wie: die ältesten schriftlichen Überlieferungen, die man gefun-den hat, sind Tontafeln, also eher Scherben davon, also Ton-tafel-Scherben, die die Jahrtausende halbwegs gut überstanden haben, zum Glück gab es damals noch keine Computer und noch keinen IS (Daesh) ….

… Papa …

ja, also, was glaubt ihr wohl, was auf diesen Tontafeln ge-schrieben stand? - Nein, es waren keine religiösen Texte, oder Gedichte an die Allerliebste, es waren Zahlen und Piktogram-me, es waren Reste von so etwas wie Kassenzettel, wie man sie heute im Supermarkt kriegt und oft schnell wieder weg wirft, wenn man gesehen hat, dass man nicht zu viel bezahlt hat …. nur dass unsere modernen Quittungen nicht mehr so lange halten, sie sind halt nicht aus Ton, und schon gar nicht in Stein gemeißelt, manchmal reichen ein paar Stunden Sonnenschein und man kann darauf nichts mehr lesen ….

… Papa …

also die alten Tonscherben-Quittungen zählten Waren-Ein- und -Ausgänge, was und wieviel wer wem gegeben hatte z.B. vom Getreide aus so einem großen mesopotamischen Getreide-speicher. Gut diese

4 Wissenschaft und Glaube

Quittungen aus Ton bekamen die meisten Kunden nicht in die Hand, das wäre ja auch allein vom Gewicht her blöd gewesen, nein, die haben die Buchhalter oder die reichen Besitzer der Getreidespeicher schön für sich behalten, das hatte nebenbei auch den Vorteil ....

... Papa ...

ja, gut, also die ersten schriftlich festgehaltenen Dinge waren Buch-haltungs-Geschichten, Waren- Ein- und -Ausgänge und die entspre-chenden geistigen Leistungen waren so etwas wie kauf-männisches Rechnen. Neben dieser kaufmännischen Mathe-matik gab es sicher auch schon sehr früh eine astronomische Mathematik: Wenn man seßhaft ist und mit dem geernteten Getreide eine größere Siedlung von Menschen bis zur nächsten Ernte durchfüttern muss, reicht es nicht, nur über Ein- und Ausgang Buch zu führen, es müssen auch ausreichend große Vorräte angelegt werden, die Landwirtschaft muss fluppen, daher ist es auch wichtig wetter-mäßig günstige Zeitpunkte für die Aussaat und für die Ernte zu finden, also man muss den Him-mel und die Sterne beobachten und man braucht einen Kalender und dafür braucht man wieder astronomische Beob-achtungen und Be-rechnungen .... wusstet ihr übrigens, dass es Maja-Kalender gab, die genauer waren als ....

... Papa ...

ok, ok, der Punkt, der Punkt, ich komm jetzt auf den Punkt: der wah-re Grund, warum wir nicht immer noch durch die Steppen und die Wälder ziehen, sondern seßhaft geworden sind und mit immer grö-ßeren Ansiedlungen immer mehr Zivilisation geschaffen haben, ist unsere Faulheit. Einfach die Lust an dem guten Gefühl, das man hat, wenn man nichts vorhat, nichts tun muss, wenn man einfach mit der Fernbedienung auf der Couch liegt .... ich glaube Frauen kennen das Gefühl gar nicht ....

... *Papa* ...

ja, doch, nein .... also die Faulheit und dann natürlich unser innerer Drang, wenn man dann schon mal was tun muss, weil man z.B. Hunger hat, und nichts mehr im Kühlschrank ist, dass man dann wenigstens alles versucht, die anstehende Arbeit möglichst schnell hinter sich zu bringen, um dann, nach getaner Arbeit, möglichst schnell wieder in aller Ruhe auf der Couch liegen zu können ....

... *na ja, Papa, das ist vielleicht eine Philosophie* ...

doch doch, das ist schon so, das ist keine rein kölsche Spezialität, da ist viel Wahres dran. Also dabei, ich meine beim Zeit sparen, da kamen wir dann irgendwann auf den Dreh mit der „Arbeitsteilung", oder besser gesagt auf die Idee „sollen doch die Anderen für mich arbeiten", weil man selbst keine Lust dazu hatte, also da haben die Menschen dann das Out-sourcing erfunden! .... Ja, ja, ihr habt richtig gehört, Out-sourcing, natürlich nicht einfach nur das einfache „Andere für sich arbeiten lassen", das können die Ameisen auch, wenn ich jetzt mal an den mit Blatt-Läusen übersäten Knöterich an der Garage denke, nein ich meine etwas anderes, ich meine das Ousourcen des Denkens selbst, das war der Kick und das hat am Ende diese ganze, fatale moderne Entwicklung in Gang gebracht ....

50

4 Wissenschaft und Glaube

... ??? ...

ok, ich gebe zu, dass ich das noch ein bisschen näher erläutern muss
....

Also, wenn man eine größere Siedlung von Menschen am Leben halten will, so ist das keine einfache Aufgabe. Bereits vor 5000 Jahren gab es in Mesopotamien, im Zwei-Strom-Land, Städte mit mehr als 50.000 Einwohnern, da wurde sogar schon Bier gebraut, aber wohl eher nicht nach dem deutschen Rein-heitsgebot. In derart großen Gemeinschaften da regelt sich nicht mehr viel von alleine und die alten Instinkte aus der Jäger- und Sammlerzeit kommen schnell an ihre Grenzen. Es brauchte kluge Köpfe, um sich Lösungen für die anstehenden Probleme aus-zu-denken, und die Menschen, die Besitzer dieser Köpfe waren - komisch, als ob man auf einem Kopf sitzen könnte - also diese Menschen mussten genügend Zeit dafür haben, sich Gedanken zu machen. Diese besonders denkfreu-digen Menschen mussten konsequenterweise von den anderen praktisch arbeitenden Menschen durch-gefüttert werden, denn ein denk-freudiger Mensch, der wirklich komplizierte Aufgaben lösen muss, braucht dafür Essen und Trinken für umsonst und dann vor allem Zeit, viel Zeit und vor allem ungestörte Zeit.

Klar gibt es Probleme, die kann man auch mal so eben neben-her lösen, z.B. so was, wie die Erfindung von Ofenkartoffeln, wenn es irgendwo sowieso schon Feuer gibt, aber die Bewäs-serung von ein paar quadrat-kilometern Land, um darauf Ge-treide für ein paar zehn-tausend Menschen anzubauen, das ist keine Sache für einen kurzen Geistesblitz, das ist schon zeitauf-wändig, da muss man dran bleiben.

Gut, nun ist auch die Freistellung von Spezialisten für bestim-mte Aufgaben keine sensationell neue Angelegenheit, einfache Arbeitstei-lung, wie es auch schon die Ameisen mit ihrer Königin machen, die nur noch Nachkommen produzieren muss und dafür von den Ande-ren durch gefüttert wird. Ich sag jetzt mal mit Absicht nichts zu menschlichen Königinnen, das ist wirklich ein ganz anderer Fall ….

... Papa ...

Das sensationell Neue beim Outsourcing war, dass der Gegen-stand der Spezialisierung das Denken selbst war und dass man für den gan-zen Prozess ein Verfahren brauchte, um das Wissen von den outge-sourcten klugen Köpfen zurück in die normalen Köpfe der einfachen Arbeiter und Angestellten zu bringen.

Das war die Geburt der Wissenschaft oder besser gesagt, des organi-sierten Wissenschafts-Betriebes, vor allem natürlich erst mal im Be-reich der Verwaltungs-Wissenschaften, der Agrar-Wissenschaften und der angewandten mathematisch-tech-nischen Wissenschaften.

Das Medium für den Wissenstransfer waren zunächst die Wis-sen-schaftler selbst, die outgesourcten Denker, die dann auch die Aufga-be des Lehrers übernahmen. Das war aber, damals wie heute, nicht sehr effektiv. In der Folge gab es dann Schulen, noch mehr speziali-sierte Wissenschaftler und auch spezialisierte Lehrer und immer wichtiger auch jede Menge schriftliches Lehrmaterial, das man unab-hängig von der Person des Erfinders nutzen und studieren konnte.

4 Wissenschaft und Glaube

Es ging damals, wie auch heute, im Grunde nur um die Lösung praktischer Probleme, aber wie immer, wenn es auf der Welt etwas neues gibt, es findet sich garantiert jemand, der auch noch etwas anderes damit macht, etwas neues, etwas an das der Erfinder so gar nicht gedacht hatte.

Im Lauf der Zeit entstand ein mathematisch-technischer Methoden-Baukasten, aus dem sich nicht nur die Verwal-tungsbeamten der Getreidespeicher bedienten und die Priester, die den Kalender für die Aussaat und die Ernte managten, sondern auch die Militärs und die Waffenkonstrukteure, die Werkzeugmacher, die Baumeister der Tempel und Paläste und (nicht) zuletzt auch die Natur-Beobachter und Himmels-Forscher.

Kurz, es entwickelte sich eine produktive Symbiose aus tech-nischer Wissenschaft und gesellschaftlicher Praxis, die über die Jahrhunderte die Menschheit mit immer neuen Errungen-schaften beglückte und einen wesentlichen Beitrag bei der Umwandlung der Stammesgesellschaften in unsere modernen Zivilgesellschaften leistete.

Heute, nach nur wenigen tausend Jahren und tausend Jahre sind auf der Uhr unseres Planeten schneller vorbei als man gucken kann, also schon nach ganz kurzer Zeit, haben wir eine unübersehbare Vielfalt von Geräten und Produkten, Fahr-zeugen, Flugzeugen, wir haben U-Boote, Atombomben und Mondraketen, riesige Städte, künstliches Licht, eine Bürokratie, bei der keiner mehr durchblickt und Politiker die keiner mehr versteht und die selbst auch nichts mehr verstehen und so hat sich unser Planet durch uns Menschen recht schnell doch sehr verändert. Selbst beim Blick aus dem Weltraum kann man es

schon erkennen und als ob wir alle nicht schon genug Probleme damit hätten, so stehen wir heute schon wieder vor einem Sprung in
eine neue Qualität des Lebens auf unserem Planeten.

Die nächste Initial-Zündung, die zu einer neuen Qualität des Lebens
auf unserem Planeten führt, ist bereits erfolgt, nur dass die meisten
von uns sich nicht wirklich darüber im Klaren sind. Ich meine die Sache mit den Computern

... das sagtest du bereits ...

und mit dem, was man alles damit machen kann und speziell mit
dem, was gerade mit der Entwicklung autonomer, selbst-denkender,
nicht-menschlicher Systeme beginnt .... wir schaf-fen Systeme, die in
nicht allzu ferner Zukunft auch alle Kriterien, die für ein Lebewesen
gelten, erfüllen werden und die dann Sachen machen werden, von
denen wir heute noch keinen blassen Schimmer haben ....

Aber wie immer, alles fängt am Anfang an und am Anfang der Geschichte des Lebens auf unserem Planeten ....

*... Papa, immer wenn es spannend wird, fängst du
wieder von vorne an ...*

ja doch, ja, das muss jetzt mal so sein .... also am Anfang standen Lebewesen wie Bakterien, Algen, Einzeller, die noch komplett von den
Zufällen ihrer Umwelt abhängig waren und die ihr kleines Leben
doch so gut gemeistert haben, dass es ihre Art heute noch, immer
noch, mehr oder weniger im Original-Zustand, gibt und die glücklich

vor sich hin leben und sich vermehren wie seit Jahr und Tag. Wer sonst kann das schon von sich sagen.

Trotzdem kamen dann immer aufwändigere, aus hunderten, tausenden und abertausenden von Zellen bestehende neuartige Lebewesen auf den Markt. Die waren deutlich komplexer und selbständiger. Sie konnten sich ihr Futter selbst suchen, statt darauf zu warten, dass es einfach so vorbei-geschwommen kam. Ihr Verhalten wurde immer raffinierter, aber im großen und ganzen waren sie doch auch immer noch auf eine halb-wegs zuverlässige, sich nicht zu schnell und zu grundlegend verändernde Umwelt angewiesen.

Nur, eine Umwelt, die lange Zeit stabil bleibt, hat es so aber auch schon früher nie gegeben! Also die Bakterien und die Algen haben auch schon damals kein leichtes Leben gehabt und mussten lernen sich auf neue und unbequeme Verhältnisse einzustellen, auch wenn sie diese Veränderungen oft selber zu einem großen Teil mit verursacht hatten …. kommt euch das bekannt vor ? ….

... *Papa* ...

ja doch, ja doch, das musste auch mal gesagt werden, die kleinen Dinger hatten es auch nicht leicht, also es gab immer wieder was Neues und auch Gefährliches und Lebensfeind-liches und irgendwann gab es dann uns …. mit unserem groß-spurigen Großhirn. Wir, die wir glauben alles im Griff zu haben und die wir mit unserer Technik und unserer Wissenschaft die Welt so verändern, wie sie uns gefällt oder auch nicht, meistens kommt es dann anders und oft nicht so, wie wir gedacht haben …. ihr wisst schließlich schon aus eigener

4 Wissenschaft und Glaube

Erfahrung, dass das mit der Weltveränderung durch die Menschheit nicht immer die ganz große Erfolgs-Geschichte ist, wenn man sich die Sache mal so in Ruhe und aus der Distanz ansieht, aus der Sicht der Astronauten und der Kosmonauten und der Taikonauten.

Aber egal wie oder auch gerade deshalb, weil es ja am Ende immer nochmal gut gegangen ist …. ich habe große Hoffnung und große Erwartungen an die nächste Stufe der Entwicklung des Lebens und na ja, ich bin mal gespannt. Und ich hoffe natürlich sehr, dass unsere Nachfahren dann für uns Alte so wunderschöne Biosphären-Reservate einrichten, wie wir das auch gerne tun würden für unsere Vorfahren …. Also was das alles rein praktisch so für mich und euch bedeutet, weiß ich im Grunde genommen auch nicht, ich habe im nächsten Abschnitt „Geld und Politik" noch ein paar Gedanken und Ideen dazu aufgeschrieben aber macht euch nicht all-zu-große Hoffnun-gen, ihr kommt nicht daran vorbei euch selber Gedanken zu machen !!!

Zurück zum Thema …. hey, jetzt wundere ich mich aber, dass die Er-mahnung nicht von Euch kommt, ihr seid mir doch nicht vor Lan-geweile und Erschöpfung schon eingeschlafen? …. oder guckt wieder heimlich Videos? …. also wir waren bei der Wis-senschaft und ich habe die meiste Zeit von den Errungen-schaften der mathematisch-technischen Naturwissenschaft erzählt und wie sie unsere Welt ver-ändert hat. Nur, wenn ihr jetzt mal in ein Vorlesungsverzeichnis irgend einer großen Uni guckt, da ist dort sehr vieles im Bereich der Nicht-Natur-Wis-senschaften eingeordnet.

Die Medizin als Wissenschaft lasse ich mal außen vor, die steht irgendwo dazwischen, aber ihr Ziel ist doch recht klar: Pflege und

Reparatur von nicht mehr gut funktionierenden Lebe-wesen, in erster Linie Menschen, Nutztiere und neuerdings vor allem auch Haustiere.

Aber was ist mit den anderen Nicht-Natur-Wissenschaften? Der mathematisch-technische Industrie-Komplex hat uns immer wieder mit neuen und mehr oder weniger nützlichen Pro-dukten überrascht. Er hat uns Flugzeugträger und Solarkraft-werke, Atombomben, Auto-fabriken und eine enorm effiziente Nahrungsmittel-Industrie beschert …. was haben uns dagegen die anderen Wissenschaften gebracht?

Gut ich will nicht ungerecht sein, ich bin da vielleicht ein bisschen voreingenommen, ich habe ja selbst viel studiert und das fast immer unter der Überschrift „Mathematik und Natur-wissenschaft" und wozu die Geistes-Wissenschaften gut sein sollen, hat sich mir in mei-nem doch jetzt schon recht langem Leben noch nie so richtig er-schlossen. Das kann aber auch daran liegen, daß ich mich noch nie ernsthaft dafür interessiert habe.

Erst in den letzten Jahren bin ich darauf gekommen, was die eigentli-che, gesellschaftliche Aufgabe dieser „Geistes- Sozial- Politik- Kunst- Kultur- und Was-auch-immer Wissenschaften" ist: Diese Wissenschaf-ten haben die Aufgabe für die Gesel-lschaft, von der sie dafür bezahlt werden, sozusagen als Gegen-leistung, heraus-zu-finden, wie die Menschen ihr tierisches Erbe besser in den Griff kriegen können und sie müssen dazu Produkte erfinden und erstellen, die das ermögli-chen oder wenigstens Theorien entwickeln, die dazu beitragen, diese Kon-flikte zwischen den gesellschaftlichen Anforderungen und dem tierischem Erbe der Menschen zu entschärfen.

4 Wissenschaft und Glaube

Unsere fest-verdrahteten und über hunderte und tausende von Jahren gewachsenen und ein-geübten Verhaltensweisen, die alle doch sehr enge biochemische Randbedingungen haben, müssen immer schneller den Erfordernissen einer hoch-tech-nischen Massengesellschaft angepasst werden. Einer Massen-Gesellschaft, die sich ständig und immer schneller verändert, immer komplexer und immer unbeherrschbarer wird.

Wir können unser biologisches Erbe nicht so einfach in Eigenregie umprogrammieren, die biologische Hardware bleibt mehr oder weniger wie sie ist, ein ziemlich veraltetes Modell, für das es höchstens alle paar-hundert Jahre mal ein kleines Update gibt. Also müssen Politik, Kunst und Kultur eine Art smarte Nachbesserung leisten, so wie es jetzt die deutsche Automobil-Wirtschaft mit den Nachbesserungen für die schlecht gebauten Dieselmotoren ….

... Papa ...

ja, also unsere geisteswissenschaftliche Fraktion muss über den Umweg der Umgestaltung sozialer und kultureller Bereiche des gesellschaftlichen Umfeldes ….

... Papa, dein Thema ...

ja, doch, ich bin ja dran, aber da fällt mir noch was ein, den Sport hätte ich jetzt doch glatt vergessen, ausgerechnet ich !!! Dabei spielt der doch eine ganz überragende Rolle in diesem Zusammenhang ….

... Papa ...

also mit all diesen Hilfskonstruktionen wie Theater, YouTube, Championsleage, Facebook, Kino, Snapchat, DSDS, Twitter und weiß ich was noch alles, müssen die unvermeidlichen Konflikte zwischen persönlicher, fest eingebauter Triebstruktur und gesellschaftlichen Anforderungen entschärft werden. Was naturgemäß nur sehr eingeschränkt funktionieren kann. Umso höher sind diese menschlichen Anstrengungen zu bewerten.

Diese Mammut-Aufgabe gibt es ja schon lange und sie kann, dank unserer trägen Biologie und den trotzdem immer größer werdenden gesellschaftlichen Anforderungen auch niemals wirklich gelöst werden. In den Geistes- und Kultur-Wissen-schaften kann es somit auch keine wirklich großen Fortschritte geben: der seit tausenden von Jahren immer gleiche Wider-spruch zwischen der tierischen Natur des Menschen und den geistig-moralischen Anforderungen der Gesellschaft lässt eine dauerhafte Lösung dieses Konfliktes nicht zu. Der Mensch kann seine biologische Natur nicht abschütteln ....

Was man z.B. bei jedem Bundesliga-Spiel immer wieder von neuem studieren kann ....

... und was ist mit dem „genetic engineering", das hat doch bei Pflanzen und bei manchen Tieren ziemlich gut geklappt? Wir hätten keine Kühe und Schafe, keine Hunde und Esel, wenn wir nicht schon früher an diesem Rad gedreht hätten ...

hmm, na ja, da habt ihr wohl Recht, dass wird alles irgendwann auch beim Menschen funktionieren, wie gesagt, dass mit den Flügeln, also den zusätzlichen Flügeln, das hab ich ja schon erwähnt, das wäre schon eine tolle Sache, und auch ein besseres Gedächtnis würde ich mir dann schon wohl bestellen, aber andererseits, wenn ich mir ausmale, was für eine Sorte Bio- Hirn- Hard- und Software dann wohl unsere großen und gierigen Machthaber in Auftrag geben ....

... *Papa* ...

nee, nee, da will ich mir jetzt doch noch so keine ausführlichen Gedanken zu machen, da hoffe ich doch, dass das erst nach meinem Ableben so richtig in Schwung kommt !!! ....

also zurück zum Text: Das mathematisch-technische Denken konnte man schon sehr früh formalisieren und algorithmisieren und damit an andere Menschen und später auch an schlau-konstruierte Maschinen outsourcen .... und, vielleicht noch wichtiger, für mathematisch-technische Theorien gibt es eine Möglichkeit zur „objektiven" Bewertung – sie sind nur dann etwas wert, wenn sie sich beweisen oder widerlegen lassen, wenn sie durch Experimente geprüft werden können und wenn die Experimente auch tatsächlich durchgeführt werden.

Man hält an Theorien fest, wenn die Sachen, die man mit ihrer Hilfe gebaut hat, auch funktionieren.

Und, ein Drittes ist vielleicht sogar noch bedeutsamer: für die Mathematik und die Natur-Wissenschaften gibt es, jedenfalls unter den beteiligten Wissenschaftlern, weltweit und einiger-maßen unabhängig von politischen und religiösen Systemen, Konsens darüber, was ein korrekter Beweis ist oder was eine korrekte Widerlegung ist. Theorien oder Behauptungen, die sich in diesem Sinne weder beweisen noch widerlegen lassen, kann man entweder vergessen .... oder man muss an sie glauben, womit wir endlich beim Glauben sind ....

Ok, gut, das kommt jetzt ein bisschen aufgesetzt und kon-struiert da-her, ist es ja auch, aber wir müssen schließlich langsam mal zum zweiten großen Thema dieses Abschnittes kommen, dem Glauben ....

... ich glaube an die Wissenschaft ...

Kann man an die Wissenschaft glauben ? Ja und nein .... die ganz großen Fragen der Menschheit, wer hat Himmel und Erde erschaffen, die Sonne, den Mond und die Sterne, wer hat die Pflanzen, die Tiere erschaffen, wer hat uns Menschen er-schaffen .... diese Fragen kann uns die Wissenschaft nicht be-antworten. Sie kann uns Denkmodelle liefern, spiel-theore-tische Modelle mit biochemischen Bausteinen und Regeln, die der Evolution abgeguckt sind und die mehr oder we-niger gut unseren jetzigen Zustand aus irgendwelchen hypothe-tischen Anfangszuständen herleiten lassen. Vom Urknall bis zum Bio-top.

Vielleicht schaffen wir es ja sogar demnächst einen künstlichen und richtig gut funktionierenden Roboter-Menschen zu bauen. Einen, den wir dann nicht mehr von einem natürlich gebore-nen Menschen un-terscheiden können. Und ich glaube sogar, dass wir das schaffen.

Aber trotzdem wird das alles nicht die große, die tiefe Frage nach dem Ur-Grund des Seins, nach dem Schöpfer von allem, beantwor-ten. Das liegt einfach daran, dass wir Teil dieser Welt sind und egal wie wir es anstellen, immer Teil dieser Welt bleiben werden. Wir können bestenfalls eine Ahnung von etwas Höherem, Tieferem bekommen, aber wir werden immer wieder in unsere Selbst-Bezüglichkeit zurück-geworfen.

Auch wenn wir uns in Gedanken neben oder über diese Welt erheben und philosophieren, was das Zeug hält, so bleiben wir doch immer wir-selbst und so bleiben auch unsere Gedanken immer Teil dieser Welt, die wir betrachten. Nur im Tod verlassen wir die Welt oder auch nicht.

Bleibt dann noch etwas von uns erhalten? Außer den Spuren, die wir mit unserem Leben auf dieser Welt hinterlassen haben? In den Köpfen der Menschen, denen wir begegnet sind? Was wird aus unserer Geist-Seele, wenn unser toter Körper verwest oder unsere Asche im Fried-Wald wieder in den natürlichen Kreislauf Eingang findet? Auf diese tiefen und großen Fragen kann uns die Wissenschaft keine Antwort geben …. an diesem Punkt betreten wir das Reich des Glaubens ….

Seit Urzeiten, seit die Menschen Spuren auf unserem Planeten hinterlassen haben, gibt es Zeugnisse für den tiefen Glauben der Menschen. Der Glaube äußert sich in Handlungen und Ritualen. Diese ersten, alten Formen von Glaube können wir heute nur noch sehr vage und indirekt aus erhaltenen Bildern und Kult-Gegenständen erahnen. In Analogie zu den heute noch vorhandenen Glaubens-Praktiken denken wir, dass dabei genau festgelegte kultische Handlungen immer wieder vollzogen wurden, um die höheren Mächte zu beeinflussen und gnädig zu stimmen. Höhere Mächte, das waren diejenigen, die für das Wetter, den Erfolg beim Jagen oder Fischen zuständig waren.

Sie waren auch zuständig für persönliche Dinge, für die Liebe, für das Glück der Familie und für die Gesundheit. Sie waren zuständig für alles, was man allein mit seiner eigenen Kraft und Anstrengung nicht erreichen konnte und was auch die Familie, der ganze Stamm, zusammen nicht erreichen konnten.

Glaubenssysteme waren früher noch sehr klein-teilig auf Stämme und noch kleinere Gruppen von Menschen bezogen. Es gab vielerlei Götter und Geist-Wesen, die man bei vielen Anlässen anbetete oder irgendwie sonst zu beeinflussen suchte.

Dann kamen die großen Propheten und verkündeten den Einen und einzigen Gott. Sie legten Zeugnis ab von diesem einzigen, großen, allmächtigen Gott, dem Schöpfer des Himmels und der Erde.

Das hat damals viele Menschen überfordert und tut es auch heute noch. Die einen waren verärgert, weil man ihnen ihre alten vertrauten Götter wegnehmen wollte, wieder andere wurden überheblich, weil sie sich auf einmal im Besitz der ewigen Wahrheit glaubten und anfingen alle Ungläubigen von ihrem Glauben zu überzeugen, notfalls auch mit Gewalt.

So gab es schreckliche Glaubenskriege und so gibt es auch immer noch schreckliche Glaubenskriege, Kriege, die grausamer waren und grausamer sind als alles was man bis dahin kannte. Und ganz nebenbei entstand noch eine neue Front im Kampf der Gläubigen gegen die Un-Gläubigen, die Nicht-Gläubigen oder Falsch-Gläubigen: Die Front zwischen Wissenschaft und Glaube. Wenn die Offenbarung des Propheten etwas über die Welt sagt und die Wissenschaft etwas anderes darüber sagt, dann haben die gläubigen Anhänger der Propheten und die mehr oder weniger gläubigen Wissen-schaftler ein großes Problem. Und dann haben vor allem die Wissenschaftler, die nicht klein beigeben, ein großes Problem.

Die alten asiatischen Philosophie-Religionen kommen besser mit der Wissenschaft klar. Für sie sind die Wissenschaften eine Beschäftigung mit den Illusionen dieser Welt. Für diese Religionen sind alle materiell-weltlichen Erscheinungen nur Illusionen, die man erkennen, durchschauen und letztendlich überwinden muss, wenn man die höchste Form des Seins erlangen will …. eine schöne Idee, die sich nach dem Siegeszug der Quantenphysik sogar wieder sehr modern anhört.

Trotz alle dem, in den meisten global und wirtschaftlich erfolgreichen Gesellschaften hat die Natur-Wissenschaft die Religion und den Glauben zurückgedrängt: Die Universitäten sind voll und die Kirchen sind leer.

Die meisten großen global erfolgreichen Gesellschaften sind christlich-evangelisch geprägt oder konfuzianisch-buddhistisch, wobei im Grunde in diesen global erfolgreichen Gesellschaften der Glaube kaum noch eine Rolle spielt, er verschwindet immer mehr hinter gigantischen, politisch-ökonomischen Fassaden.

Dass muslimische Staaten trotz ihrer freundlichen Haltung zur Wissenschaft eher nicht zu den globalen Gewinnern gehören, ist auffällig und hat einmal sicher mit der geographische Lage dieser Länder zu tun, aber wohl auch damit, dass der Islam keine klare Trennung von Politik und Religion erlaubt und damit einen rein weltlichen Fortschritt behindert.

Trotzdem, der Mensch kann nicht leben ohne Glauben. Auch ihr könnt nicht leben ohne Glauben. Auch wenn ihr das vielleicht noch gar nicht wisst. Die moderne Gesellschaft und ihre Politiker, ihre Gurus und ihre Heiler und Seher, die alten und die neuen Apostel und Heilsbringer, die moderne Technik und ihre Wissenschaftler, sie alle können die ewigen Fragen der Menschheit nicht beantworten: Warum gibt es das Universum, oder vielleicht ganz viele Universen, warum gibt es Leben, warum gibt es Menschen, warum gibt es mich und dich ? Warum bin ich hier auf dieser Welt? Was ist meine Aufgabe, was ist meine Bestimmung?

... aber die Wissenschaft kann viele Sachen überzeugend erklären ...

ja, natürlich kann unsere mathematisch-technische Wissen-schaft inzwischen sehr vieles sehr überzeugend erklären und vieles sogar zuverlässig vorhersagen, vom Wetter und den Börsenkursen mal abgesehen; die technische Wissenschaft er-möglicht die Herstellung phantastischer Hilfsmittel und grau-samster Waffen, auch die medizinische Wissenschaft holt auf und wird immer mehr zu einer richtigen Wissenschaft, sie verhilft immer mehr Menschen zu einem langen, würdevollen und selbst-bestimmten Leben, die Neuro-Wissenschaften und die Kognitions-Wissenschaften vermitteln uns immer tiefere Einsichten in die Funktionsweise unseres Gehirns und unseres Selbst.

4 Wissenschaft und Glaube

Ja, nur sind all diese wissenschaftlichen Antworten auf unsere tiefsten Fragen am Ende doch immer unbefriedigend. Was sind wissenschaftliche Antworten? Es sind Antworten der Form: wenn B aus A ableitbar ist und A richtig ist, dann ist auch B richtig. Wenn solche theoretischen Modelle bei diesen oder jenen als richtig angenommenen Voraussetzungen wider-spruchsfrei sind und überprüfbar zutreffende Vorhersagen machen, dann sind es gute, wahre Modelle oder sie bekommen zumindest das Prädikat: vorläufig beste Wahrheit …. aber im Kern bleiben alle diese antworten unbefriedigend.

Was war, bevor etwas war?

Es gibt ein Reich der Möglichkeiten, das Reich aller Mög-lichkeiten, ich nenne es das Reich Gottes, wohl wissend, dass das alles nur Worte sind, die auf etwas hinweisen aber nichts erklären. Gott, dessen Namen wir nicht kennen, von dem wir kein Bild haben, der Schöpfer-Gott, der Ur-Grund allen Seins, er wird für uns immer und ewig unerreichbar sein ….

… woher willst du das wissen ? …

ich weiß es nicht, ich glaube es …. ich habe mein ganzes Leben lang immer wieder nach einer tiefen Wahrheit gesucht, nach Gott, nach dem Reich Gottes, ich habe ihn in der Kirche gesucht und ich habe ihn dort nicht gefunden. Ich habe sein Reich auf der Welt gesucht und habe es dort nicht gefunden und dann habe ich es aufgegeben und dann irgendwann doch wieder von neuem angefangen zu suchen, um es wieder nicht zu finden. Heute weiß ich, dass wir Menschen viel zu unfertig, viel zu unvollkommen sind, um etwas so

Großes finden zu können, ja wir sind sogar viel zu unvollkommen für die Suche. Wir müssen glauben, eine andere Möglichkeit haben wir nicht

... und wenn wir nicht glauben können ? ...

dann müsst ihr weiter suchen. Auch wenn ihr glaubt, dass eure Suche nicht zum Erfolg führen wird, dann müsst ihr trotzdem in eurer Unvollkommenheit eure unvollkommene Suche leben, solange bis der Glaube euch gefunden hat!

... und wie sollen wir feststellen, ob wir den richtigen Glauben gefunden haben ? ...

wenn ihr den richtigen Glauben gefunden habt, dann werdet ihr es wissen ! .... und wenn ihr ihn nicht findet, obwohl ihr sucht, dann ist das immer noch besser, als in einem falschen Glauben zu leben .... ja, ich weiß, das ist keine befriedigende Antwort, aber es ist die beste Antwort, die ich habe und jetzt und hier und heute weiß ich einfach keine bessere. Deshalb will ich darüber auch nicht weiter reden, es würde nichts besser werden ....

... wie wahr ...

Gut, dann komme ich jetzt zu meinen Definitionen:

Definition „Wissenschaft"

Wissenschaft ist eine besondere Form der menschlichen Arbeit, eine Arbeit, die das Ziel hat, Wissen zu schaffen.

Wissen als von Menschen verstehbare Form von Information. Das Ergebnis muss auf einem dauerhaften, materiellen Medium abgelegt sein, das für andere Menschen lesbar ist. Dieses veräußerlichte Wissen muss es den anderen Menschen erlauben, Theorien oder Hypothesen über sich und die Welt zu formulieren, die sich experimentell überprüfen lassen. Eine Theorie in diesem Sinne muss in einer künstlichen, formalen Sprache, einer mathematischen Sprache formuliert sein. Diese besondere wissen-schaftliche Sprache muss es erlauben allgemein interessierende Fragen zu kodieren. Sie muss formale Regeln, eine produktive Grammatik, besitzen, um Aussagen (Hypothesen, Theorien) aus einer einfachen Menge von Grundannahmen nach diesen formalen Regeln abzuleiten, zu beweisen oder widerlegen zu können.

Ein großartiges Ideen-Gebäude oder auch eine bemerkenswerte Sammlung von Texten und Aussagen, die als Ganzes solche Kri-terien nicht erfüllt, die aber von einer Vielzahl von Menschen für wahr und richtig gehalten werden, richtig in einem höheren Sinne, nenne ich ein Glaubenssystem.

Damit sind wir bei der nächsten Definition:

Definition „Glaube"

Glaube ist die nicht-hinterfragbare Gewissheit von Menschen, dass eine Sammlung von Aussagen über Gott, Himmel und Erde und über die Rolle und die Aufgaben der Menschen darin, wahr ist, wahr in einem höheren, nicht menschlichen Sinn, in einem göttlichen Sinn. Diese Menschen finden sich zusammen als Gläubige und sie geben sich Regeln und befolgen regelmäßige Rituale, die sie in ihrem Glauben an die höhere Wahrheit des Glaubenssystems unterstützen und bestärken. Diese Rituale beziehen sich meist auf einen Text, der in der Form einer Offenbarung durch einen Propheten in unsere Welt gekommen ist. Die gemeinsame und dauerhafte Ausübung solcher Rituale nennt man auch Religion.

Zusammenfassung Abschnitt 3:

- Wissenschaft ist systematische, dauerhafte und mit anderen Menschen teilbare Wissensbeschaffung mit dem Ziel Aussagen über unsere Welt in einer mathe-matisch-formalen Sprache zu erstellen, sie formal-logisch zu beweisen oder zu widerlegen.

- Glaube ist das Wissen vom Reich Gottes, das sich nicht beweisen läßt und das sich nicht widerlegen läßt, ein Reich, das nicht von dieser Welt ist und auch von keiner anderen Welt, die wir uns vorstellen können.

- Der Mensch kann nicht gut leben ohne einen tiefen Glauben.

Und jetzt fällt mir doch noch eine Sache ein, die ihr mich ruhig mal hättet fragen können ....

... Papa ...

Warum hat die Wissenschaft keine besseren und klügeren Men-schen aus uns gemacht? Warum haben wir heute riesige Staaten, riesige Städte mit riesigen Slums, immer wieder groß-flächige Hungersnöte, schlechte Regierungen, Bankenkrisen, Finanzämter, Massentierhaltung und Massen-Vernichtungs-Waffen?

... warum hat der Glaube nicht geholfen, die Ungerechtigkeiten, die Armut, die Kriege zu verhindern? ...

Ja, warum? Ich werde versuchen, eine Antwort zu finden. Aber ich sage euch schon jetzt, ich weiß nicht, ob es eine wirklich hilfreiche Antwort ist. Auf jeden Fall gehört die Antwort in den nächsten Abschnitt „Geld und Politik".

5 Geld und Politik

Geld regiert die Welt! Die großen Propheten haben uns gewarnt, aber wir haben nicht auf sie gehört: Jesus hat die Händler aus dem Tempel vertrieben, aber kaum war Jesus tot, haben wir die Händler wieder hineingelassen.

Heute gibt es eine Art Vatikanbank (IOR) mit über 100 Mit-arbeiter und einer Bilanzsumme von 3,3 Milliarden € (Ge-schäftsdaten 2016). Steuern gibt es im Vatikan nicht. Vielleicht ist das ja, ich meine das mit dem Verzicht auf die Steuern, noch ein schwaches Echo auf die Warnung vor der Macht des Geldes, die Jesus damals seinen Mit-menschen so ans Herz gelegt hat. In Deutschland gibt es eine Kir-chensteuer und die wird sogar vom Staat eingezogen! Das Vermögen der katholischen Kirche allein in Deutschland wird auf bis zu 200 Milliarden € geschätzt. Eine Schätzung des Vermögens der katholi-schen Kirche weltweit scheint es mangels belastbarer Quellen gar nicht erst zu geben.

Kein moderner Staat funktioniert ohne ein gut ausgebautes System von Geldverleihern, Geldverwaltern, Kredit-Instituten und Kreditver-mittlern. Diese Systeme sind im Laufe der Jahre so komplex gewor-den, dass sie selbst von den unmittelbar Beteiligten nicht mehr gut verstanden werden. Im Bereich Börsenhandel und Investment-Ban-king werden immer mehr Aktivitäten und auch solche mit großer Tragweite von weitgehend autonomen Computersystemen getroffen.

5 Geld und Politik

Die eigentlich dem Papier nach immer noch verantwortlichen menschlichen Banker stehen staunend daneben, verdienen unglaublich viel Geld und wissen nicht was passiert. Das hat schon eine neue Qualität: Während die Vorarbeiter einer modernen computergesteuerten und von Robotern unter-stützten Automobil-Produktion zumindest noch im Prinzip ver-stehen, was da passiert, stehen oder sitzen die Investment-banker nur noch staunend vor ihren Bildschirmen. Die letzten, spektakulären Banken-Crashs haben das Dilemma für jeden, der sehen kann und will, offenbart, nur die Banker machen weiter wie bisher, frei nach Friedrich Schiller (Sprüche des Confucius):

> Nur Beharrung führt zum Ziele,
>
> Nur die Fülle führt zur Klarheit,   => big data
>
> Und im Abgrund wohnt die Wahrheit => big crash

Ein gutes Motto für die Banker, bislang. Und für uns, wie re-agieren wir, die Gesellschaft ? Wir retten das Bankensystem mit dem Geld der vielen kleinen Steuerzahler, wir schonen die Großen und wir strafen die Kleinen. Warum?

Ein dem Gemeinwohl verpflichteter Staat müsste es eigentlich genau anders herum handhaben: das Geld der kleinen Leute sollte tabu sein, die reichen Profiteure müssten die Rechnung bezahlen.

Aber so ist es nicht …. diese Form der Ungleichbehandlung untergräbt das Vertrauen in die Kompetenz und die Wirk-samkeit unserer politischen Institutionen und speziell natürlich auch in die Kompetenz unseres politischen Personals. Weltweit ist die klassische Demokratie auf dem Rückzug, in vielen, modernen Staaten wählen sich die Menschen wieder starke Männer oder Frauen in die höchsten Positionen und ignorieren die schlechten Erfahrungen, die ihre Vorfahren mit solchen Führern und solchen Systemen gemacht haben.

Gut, verwunderlich ist das alles nicht, wenn man bedenkt, dass der Mensch vom Bauplan her immer noch von einem in Hormonen schwimmenden Bio-Hirn-Computer gesteuert wird, Modell 007, Baujahr 200.000 vor unserer Zeitrechnung, die Taktfrequenz der CPU wurde seit dieser Zeit nicht mehr erhöht und auch nicht die Speicherkapazität ....

Also, was rate ich euch, was sollt ihr anfangen mit dem Geschenk eures Lebens, was sollt ihr tun, welche Aufgabe sollt ihr angehen, welchen Ort auf dieser Welt kann ich euch mit gutem Gewissen empfehlen? ....

ok, ich merke gerade, dass ich mich mit dieser Einleitung überfordert habe. Das ist mir jetzt doch eine Nummer zu groß .... also zurück auf den Boden meiner Möglichkeiten .... ihr seid hier und jetzt in Europa, Deutschland, Nordrhein-West-falen und ihr seid auf der Suche nach einer Lebens-Perspektive, die euch Erfüllung gibt und auch eine materielle Grundlage in Form eines zuverlässigen und ausreichend hohen Monats-Einkommens.

So etwas gibt es nicht beim Arbeitsamt und auch auf dem freien Markt werdet ihr so auf die Schnelle nichts finden.

5 Geld und Politik

Gut, ihr könnt eine Partei gründen, die sich zum Ziel setzt, alles so zum Guten zu wenden, wie ihr das gerne hättet …. gut, vielleicht tut ihr das ja sogar noch, aber ich sage euch, dass ist nicht euer Ding.

Gut, ihr könnt die Rote-Armee-Fraktion wiederbeleben und euch zum Ziel setzen, alles kaputt zu machen, was euch nicht passt, gut, vielleicht tut ihr das ja sogar noch, aber ich sage euch, dass ist nicht euer Ding.

Gut, ihr könnt in ein Entwicklungs-Hilfe-Projekt gehen, in den Süd-Sudan oder ihr geht in ein „Rettet-den-Regenwald"-Projekt am Amazonas, gut, vielleicht tut ihr das ja sogar noch, aber ich sage euch, dass ist nicht euer Ding.

Klar, dass aussichtsreichste Geschäftsmodell ist wohl, die Gründung einer virtuellen Internet-Bank, mit virtueller Währung aber ohne menschliches Personal, dafür mit ganz vielen Gimmicks …. nur dafür bräuchtet ihr zumindest erst mal den starken Willen das zu tun und dann solltet ihr natürlich auch gute Programmierer sein und das Ganze besser auch nicht in Deutschland umsetzen …. und …. und …. und …. aber ich kenne euch doch und ich sage euch, auch das ist nicht euer Ding.

Klar, ihr dürft träumen und ihr sollt träumen! Im Traum kann man vieles tun und erleben, was sonst an schroffen Felsen in der stürmischen Brandung der Realität zerschellt oder an harten Kanten bis zur Unkenntlichkeit abgeschliffen wird. Natürlich kann man beim träumen auch mal Alpträume haben, ja, aber es gibt eben auch sehr schöne Träume und manchmal hat man dabei sogar, mir nix, dir nix, geniale Einfälle …. nur und das ist die schlechte Botschaft, alles in allem, mit träumen alleine verdient man kein Geld ….

Gut, wir haben jetzt hier in Deutschland im Jahr 2017 das große Glück, in einem Staat zu leben, der ein gutes Netz für alle Sozial-Abgestürzten aufgespannt hat, nur ich sage euch, ein Leben als „Harzer", das geht eine Zeit lang, aber auch das ist keine Lebens-Perspektive, ich kenne euch doch und ich sage euch, auch das ist nicht euer Ding.

Also Träume hin oder her, träumen ist wichtig, aber das alleine ist noch kein Geschäftsmodell, für das euch eine Bank Geld gibt.

Ihr müsst beides verbinden, die guten, leichten Träume und und die schwere, hässliche Erwerbsarbeit! …. Sucht euch eine Arbeit, irgendeine Arbeit, eine Arbeit, die euch ernährt, auch wenn es nicht das ist, wovon ihr gerade geträumt habt, auch wenn sie euch vorkommt wie ein Gefängnis und ich sage euch, ich weiß wovon ich rede, es ist ein Gefängnis, aber die Zeit, die ihr dort ein-sitzt ist befristet. Wenn ihr lernt, einfache, mehr oder weniger schlecht bezahlte Arbeiten wenigstens ein paar Monate lang, notfalls auch ein paar Jahre lang, trotz allem auch mit Freude und Hingabe zu leisten, werdet ihr später auch größere Anforderungen meistern können. Und lernen kann man das alles nur im frei-laufenden Leben, nicht in irgendeiner Schule, so etwas lernt man nur, indem man es einfach tut, die Zähne zusammenbeißt und durchhält.

Ihr solltet euch aber regelmäßig, jetzt nicht gerade jede halbe Stunde, ich sage mal, so einmal im viertel Jahr, also ab und an solltet ihr euch fragen, ob ihr noch mit dieser Arbeit leben könnt, ob ihr bei aller Arbeit noch genug Freiheit, Freigang, Freizeit habt, um das träumen nicht zu verlernen ….

Denkt praktisch und seid nicht wählerisch, so eine Zufalls-Einstiegs-Überlebens-Arbeit kann alles mögliche sein, eine Aushilfsarbeit im Supermarkt oder ein Aufsichtsjob im Parkhaus, egal …. wenn ihr das ein paar Jahre gemacht habt, solltet ihr dann aber, so als mittelfristige Lebens-Perspektive, schon etwas wählerischer werden. Die Arbeit sollte euch dann nicht nur Geld einbringen, sondern dem Leben im allgemeinen dienen, dem Leben an sich. Werdet so etwas wie selbständige Lebens-Dienstleister, Berater in Lebensfragen, Gestalter von besseren Lebens-Bedingungen …. eigentlich solltet ihr dann ja sogar Politiker werden, Politiker im guten Sinne des Wortes, aber ich weiß ja, so etwas gibt es in unserer komplexen, korrupten, globalen Gesellschaft nicht und selbst wenn es das gäbe, ich wiederhole mich, ich weiß ja, ich kenne euch doch, das ist nicht euer Ding.

Also, ihr seid gefragt, eure Phantasie ist gefragt. Die Gelegenheit ist da, Sachen zu machen, die noch nie ein Mensch vor euch gemacht hat und die Chancen sind größer als jemals zuvor, dass ihr Erfolg damit habt. Wir leben in einer Zeit des Umbruchs, in der sich das Alte schneller auflöst als jemals zuvor und das betrifft natürlicherweise auch alle bekannten Berufe und Dienstleistungen. Natürlich auch die der Politiker. Und denkt immer daran, alle die Anderen wissen auch nicht, wie es weiter geht.

Das mit dem Lebens-Dienstleister dürft ihr gerne sehr weitherzig interpretieren. Auch jemand, der einfach nur für eine gute Ordnung sorgt ist ein Lebens-Dienstleister und kann sogar ein Großmeister des Lebens werden, denn Ordnung ist das halbe Leben und die andere Hälfte schafft Ordnung. Ordnung aber nicht als Selbstzweck, nein, um Gottes Willen, nein, Ordnung im guten Sinne, im Sinne von Strukturen schaffen, die dem Leben förderlich sind. Dazu kann zum Beispiel auch eine gute Verwaltungs-Struktur gehören, eine, die für gute Rahmenbedingungen für gute Arbeit sorgt, aber natürlich nur, wenn das ganze Unternehmen ein gutes Ziel hat, ein Ziel im Sinne von Förderung des Lebens, eines guten menschlichen Lebens. Natürlich gehören dazu auch schlag-kräftige, effiziente, polizeilich-militärische Organisationen, die unsere Gesellschaft vor inneren und äußeren Feinden schützen.

... man Papa, du Militarist, du warst mal Kriegs-Dienst-Verweigerer ...

Ja, ja, ihr habt ja Recht, das ist lange her. Aber natürlich stehe ich dazu. Damals war ich so alt wie ihr jetzt und ich hatte den Einmarsch der russischen Armee in Prag im Kopf und die Bilder der jugendlichen Schüler und Studenten, die vor den schuss-bereiten russischen Panzern auf den Straßen standen und mit den vor Waffen starrenden Soldaten reden wollten, mit russischen Soldaten die oft gar nicht wussten, wo sie überhaupt sind und worum es eigentlich geht .

... Papa, lenk nicht ab ...

Ok, einverstanden, also zurück zur Ordnung! Und dazu, warum ich die Sache mit dem Militär und der Armee heute anders sehe.

5 Geld und Politik

Der aktuell vom amerikanischen Präsidenten angekündigte Rückzug der US-militärischen Präsenz aus Deutschland und seine Aussage, dass ein so reiches Land wie Deutschland sich gefälligst selber schützen soll und sich nicht mehr hinter dem großen Bruder verstecken darf, haben mir klar gemacht, wie zerbrechlich doch unser Frieden ist. Ein Frieden, der hier bei uns nun schon so lange andauert, dass wir uns etwas anderes gar nicht mehr vorstellen können. Wir kennen Krieg nur noch aus den Medien, aus Filmen und aus Computerspielen. Aber der echte, der wahre Krieg existiert und er kommt wieder näher. In Form des IS-Terrorismus hat er sich uns auch hier schon angekündigt. Als Vorhut der wirklichen, grausamen Kriege, wie sie zur Zeit im nahen Osten und in Afrika toben, mit all ihrer menschen-verachtenden Brutalität, mit ihren unklaren und ständig wechselnden Fronten und den Intrigen von großen und kleinen aber immer gierigen Machthabern.

All das zeigt deutlich, über-deutlich, dass der Krieg nicht ver-schwunden ist, er hat nur hier bei uns in Deutschland eine lange Pause gehabt .... im Krieg verschwindet das Gütige, das Freundliche, das Mitgefühl aus der Natur der Menschen. Und Krieg wird es immer geben, solange irgendeiner Geld damit verdient, wie es so schön zynisch ein sehr kluger Bert Brecht einmal formuliert hat .

... Papa, dein Thema ...

ja, ja, warum erzähle ich euch das alles; natürlich hat der Krieg viel mit Geld und Politik zu tun, deswegen ist das hier schon die richtige Stelle, aber was hat der Krieg mit Ordnung zu tun?

5 Geld und Politik

Nun, es kann keine dauerhafte menschliche Ordnung geben, ohne militärischen Schutz vor militärischen Angreifern. Oder polizeilichem Schutz vor organisierter Kriminalität im Inneren einer Gesellschaft. Und dem Internet haben wir es zu verdanken, dass sich gerade die Grenzen auflösen zwischen äußerer Aggression durch eine „ordentliche" feindliche Armee und einem inneren Krieg durch episodischen Terrorismus oder durch organisierte Kriminalität oder durch speziell organisierte Cyber-Kriminalität von Geheim-Diensten anderer Staaten. Als demokratische Gesellschaft sind wir all dem ziemlich hilflos ausgeliefert.

Ich frage mich, warum gerade wir, hier, in unserem schönen Deutschland mit unseren fruchtbaren Landschaften, schönen Wäldern, Bergen, Seen und Flüssen, warum haben wir 70 Jahre lang in einem fast paradiesischen Frieden leben dürfen? Fragt euch warum und sucht die Antwort, ich dachte, ich kenne sie, aber ich habe mich geirrt, ich kenne sie nicht.

Und wir haben uns in der langen Zeit an den Frieden gewöhnt, mit einer von Außen, von Fremden verordneten „pazifisti-schen" Grundeinstellung, als Verlierer des 2. Weltkrieges und dann, als Folge davon, mit einer jetzt aber „Gute-Menschen-sein-müssen-Verpflichtung"; gerade wir sind deshalb auf eine kriegerische Zukunft, die kein Mensch verhindern kann, ganz schlecht vorbereitet ….

Wie so oft im Leben, alles Schlechte hat auch ein Gutes, denn damit eröffnen sich immer auch neue Chancen und Mög-lichkeiten und damit auch Chancen und Möglichkeiten für euch Geld zu verdienen …. jetzt habe ich doch, wenn auch nur mit Mühe, wieder die Kurve ge-

5 Geld und Politik

kriegt zu meinem Thema „Geld und Politik": Allein der Bereich „Neu-organisation der Verteidigung", der dringend notwendig ist, einmal weil wir ihn 70 Jahre lang vernachlässigt haben und natürlich auch, weil unsere neuen Feinde ein neues Verteidigungskonzept erfordern. Die neuen Feinde unterscheiden nicht mehr zwischen einem Krieg von regulären Armeen, subversivem Terrorismus und organisierter Cyberkriminalität. Das alles ist jetzt schon sehr bedrohlich und hat aber auch im Nebeneffekt ein enormes Potential zum Geld-Verdienen.

Werdet die neue Generation der Krieger des Lichtes !!!

... *hey, Papa, was soll das denn jetzt, willst du uns jetzt auch noch auf einen Fantasy-Trip schicken* ...

also gut, ich werde es mit einer Erklärung versuchen, auch wenn ich zugeben muss, dass ich den Satz mit den Kriegern des Lichtes so gut finde, dass ich ihn einfach so stehen lassen wollte, dass ich es eigentlich dabei bewenden lassen wollte ....

... *Papa* ...

ja, ja, is ja gut. Ich könnte euch jetzt natürlich auf die Sekundär-Literatur verweisen, Paolo Coelho hat ein richtig gutes, kleines Buch dazu geschrieben, sehr lesenswert! Nur bin ich mir nicht wirklich sicher, ob er mit seinem Krieger des Lichtes dasselbe meint wie ich .... also, ich versuche es deshalb mal mit einer eigenen Beschreibung:

5 Geld und Politik

Vorab, nicht, dass da Mißverständnisse entstehen, ich meine nicht, dass ihr jetzt so eine Art „Rote-, Weiße- oder Grüne-Armee-Fraktion" gründen sollt, nein, ihr sollt euer Geld doch nicht mit Bank- und Tankstellen-Überfällen oder mit Menschen-Raub oder Internet-Erpressung verdienen. Ich wollte euch nur eine Ziel-Findungs-Hilfe geben und die besteht erst einmal aus einer geistigen Haltung. Und die sieht so aus, dass ihr euch zum Einen auf einen Zusammenbruch unserer alten Welt, auf den Zusammenbruch der klassischen, menschlichen Werte-Gesellschaft einstellen müsst. Aber auch die aktuelleren, moderneren Gesellschaftsformen, die eher auf der Logik des Kapitals gegründet sind, werden noch in diesem Jahrhundert an ihr Ende kommen und sich auflösen, sie sind, wie die Unternehmens-Berater immer so schön sagen, nicht zukunfts-fähig.

Verlasst euch nicht auf bestehende menschlich-gesellschaftliche Traditionen. Die meisten davon werden ihren Sinn verlieren. Ihr sollt dem Vergangenen, dem Vergehenden nicht zu lange nachsinnen. Seht euch all die neuen Entwicklungen an, die euch über den Weg laufen, seht sie genau an und ohne Vorurteile, sozusagen mit dem Blick eines kleinen Kindes. Fragt euer Tiefst-Inneres, ob sie dem Leben als solchem förderlich sind und wenn ihr ein ja hört, dann engagiert euch, engagiert euch sobald ihr das deutliche Gefühl habt, hier entsteht ein Stück einer neuen, zukünftigen, lebendigen Weltordnung. Das wird dann aber eben auch eine richtig neue und zunächst sehr fremde Welt-Ordnung sein, eine Ordnung, die das Leben auf eine neue Qualität hebt und damit unvermeidlich die bisherigen Lebensformen, zu denen auch wir selbst gehören, alt aussehen läßt. Etwas Neues, dass euch auch Angst machen wird und vor dem wir Alten sowieso nur noch Angst haben, wenn wir es denn überhaupt noch mitkriegen.

Es fällt mir schwer, konkreter zu werden, alles was ich sicher sagen kann, habe ich wohl schon gesagt. Vielleicht hilft es euch ja, wenn ich sage, dass die Richtung, in die sich Leben entwickelt hat, immer vom Einfachen zum Komplexen ging und dass das Leben dabei immer auch mit den Bausteinen arbeitet und experimentiert, die schon vorhanden sind. Ich erwarte, dass die neue Stufe des Lebens auf irgendeiner neuen Form der Informations-Vernetzung und Informations-Verarbeitung ent-stehen wird .

... na schön und nun, auf was sollen wir jetzt warten ? ...

Ihr sollt überhaupt nicht warten, ihr sollt anfangen, anfangen mit irgendwas, was euch das Gefühl gibt, dass ihr auf dem richtigen Weg seid. Ihr seid besser auf die Zukunft vorbereitet, als ihr vielleicht glaubt: Ihr seid mit Computerspielen groß geworden und ihr habt Spaß daran, zu spielen. Die Zukunft der Menschheit wird sich in einer Art Computer-Kriegs-Spiel entscheiden. Und ihr müsst auf der Seite der Guten kämpfen, auf der Seite des Lebens, auf der Seite des Lichtes.

... des Lichtes, Papa ...

Ja, ja, schon wieder das Licht, ich sage des Lichtes, ja, weil das Licht, das Licht der Sonne unserem Heimat-Planeten das Leben schenkt und nur die Strahlung unserer Sonne kann unsere Erde und damit auch uns und alles Leben hier erhalten und fördern. Es möge bitte

5 Geld und Politik

niemand glauben, dass er mit einem Notstrom-Diesel-Generator im Keller lange überleben wird, wenn die Sonne aufhört zu scheinen. Wir könnten es locker schaffen, mit unseren Atomwaffen alle Menschen auf dieser Erde zu vernichten und die meisten Tiere und Pflanzen noch dazu. Auch eine richtig große Klima-Katastrophe kann ganz viel Leben auf dieser Erde vernichten oder ein riesiger Meteorit .... aber solange die Sonne auf unsere Erde scheint wird immer wieder neues Leben entstehen ....

... Papa, jetzt ist aber bald gut, du Weltuntergangs-Romantiker und Sonnen-Anbeter ...

ok, ich will das Thema nicht über-strapazieren .... also, ihr bekommt jetzt noch ein paar abschließende Tips zum „Geld verdienen" und dann ist gut.

Apropos Geld und Leben. Eine Zeit lang stand als Überschrift über diesem Abschnitt, nicht „Geld und Politik" sondern „Geld und Leben", danach eine Zeit lang „Geld oder Leben", das hatte mir spontan sogar noch besser gefallen .... die alt-modischen Verbrecher in den alt-modischen Krimis, die nur euer Papa noch kennt, die haben so was immer gesagt, wenn sie Geld gebraucht haben und ihr Konto leer war, weil sie nichts Anständiges gelernt hatten, um Geld zu verdienen. Und dann haben sie halt eine Bank überfallen oder ein Juweliergeschäft oder andere Menschen, die so aussahen, als ob sie zu viel Geld hätten und dann haben sie gesagt: Geld oder Leben ....

... Papa ...

5 Geld und Politik

ja, ist ja gut, trotzdem war es gut, mal vom Thema ein bisschen abzu-schweifen, denn das hat mich jetzt zu einem Punkt gebracht, den ich fast vergessen hätte ….

... oh je ...

nein, doch, das ist wirklich wichtig …. egal, ob sich gerade eine Men-schen-Welt auflöst oder nicht, es gab auch früher schon immer neben der normalen Welt des Lichtes eine dunkle Welt; nein ich meine nicht die Sache mit der dunklen Materie und der dunklen Energie …. obwohl ….

... Papa ...

ja, nein, also, es gab schon immer Menschen, die nicht bereit waren für ihren Lebensunterhalt und für alles Bling-Bling, was sie gerne ha-ben wollten, den langen und mühsamen Weg einer gesellschaftlich anerkannten Erwerbsarbeit zu gehen.

Manche haben gesagt, dass dieser Weg ihnen gar nicht ange-boten worden sei, oder das es ihn dort, in der Gegend, wo sie leben, prak-tisch gar nicht gegeben hat, manche sind auch so drauf, dass sie sich einfach nicht im Griff haben und wieder andere sind einfach nur von Geburt an böse und schlecht und wenn sie dann aber trotzdem sehr diszipliniert und mit großem Organisationstalent gesegnet sind, dann können sie viel erreichen. Viele, vielleicht die meisten sind einfach nur sehr unselbständige Menschen, die dann von anderen bösen Menschen verführt werden, egal, wie auch immer ….   auf der dunklen Seite gibt es alles und alle Talente, die es auch auf der Seite des Lichtes gibt,

5 Geld und Politik

... Papa, du und dein Licht ...

ja, und auch in der dunklen Welt kann man es nur dann zu etwas wirklich Großem bringen, wenn man besser ist als die meisten anderen dunklen Gestalten und natürlich muss man dort auch noch besser sein als die hellen Gestalten auf der anderen Seite .... ok, ich sag jetzt mal nichts weiter dazu ....

Aber nicht, dass ihr jetzt auf falsche Gedanken kommt, ich sage euch und ich sage es, weil ich euch kenne, auch die dunkle Seite ist nicht wirklich euer Ding, dafür seid ihr nicht gut vorbereitet und euch fehlt das wirklich echt Böse in eurer Natur.

... na und, man kann alles lernen, wenn man nur will ...

Na gut, dann fangt mal mit der Quanten-Elektro-Dynamik an .... ja, is ja gut, zugegeben, man kann viel mehr lernen, als man denkt, aber bei richtig tief-sitzenden Verhaltensweisen geht das nur, wenn man noch richtig jung ist, also viel jünger, als ihr es jetzt seid, ich sage mal U3, nur dann setzt sich das Gelernte auch so in eurem Tiefst-Innersten fest, dass es zu eurer zweiten Natur, zum Instinkt wird. Und nur mit richtig guten schlechten Instinkten wird man auch ein Großer auf der dunklen Seite .... und vielleicht auch auf der hellen Seite .... warum erzähl ich euch das jetzt eigentlich ....

... gute Frage ...

ja, genau, jetzt weiß ich es wieder, wegen der Tips zum Geld-Verdienen und weil wir in einer Zeit leben, in der sich die alte vertraute

5 Geld und Politik

Welt auflöst und in solchen Zeiten wird auch die Grenze zwischen der Welt des Lichtes und der dunklen Welt immer verwaschener, unklarer, noch viel unklarer, als sie sowieso schon immer war und es es liegt nicht nur daran, dass heute fast jeder das Licht ausmachen kann ....

... Papa ...

ja, es wird in einer Übergangzeit möglich, dass diese Grenze sogar vollständig verschwindet und erst allmählich wieder erkennbar wird, wenn dann auch schon eine neue Welt Konturen annimmt

... Papa, wo bleiben die Tips zum Geld-Verdienen ...

ja, ja, ist ja schon gut. Also, wie und womit kann ein Krieger des Lichtes in solchen Zeiten Geld verdienen?

Ich sage, so wie immer, so wie auch in den alten Zeiten, er muss seine Fähigkeiten verkaufen, er muss Söldner werden, zeitweise wenigstens und kein Mensch weiß je, wie lange solche Zeiten dauern.

Gerade heute morgen hab ich passend zum Thema in der Zeitung einen Artikel gefunden, darüber, dass unsere Bundes-wehr eine komplett neue Einheit für den Cyber-Krieg ge-gründet hat und sehr verzweifelt nach Cyber-Soldaten sucht!

.... na gut, wen wunderts, die Bundeswehr kann keine gute Bezahlung anbieten und hat natürlich auch nicht das Image und das Betriebsklima, das Computer-Nerds anziehen würde. Die militärischen Umgangsformen, die dort gepflegt werden und die notwendig sind für Soldaten in einer Armee, die sind für echte Nerds eine Katastrophe. Die Bundes-Wehr hat das auch gemerkt und hofft jetzt darauf, dass sie an einer Bundeswehr-Hochschule geeignete Studenten ausbilden kann .... nur, ich sage euch, bis die Studenten dann soweit sind, ist der Krieg verloren. Viele andere Armeen, nicht nur die US-amerikanische, auch die russische, die israelische, die korea-nische, die chinesische, die englische, die pakistanische, die indische, die sind auf dem Gebiet schon seid Jahren aktiv und gut gerüstet ....

Und mal von der äußeren Bedrohung abgesehen, auch unsere innere Sicherheit, für die eigentlich die Polizei zuständig ist, ist durch diese Entwicklung bedroht, nur dass es hier noch nicht mal eine gemeinsame deutschland-weite Idee gibt, wie man die Sache angehen will. Hier führt jedes Landes-Innen-Minis-terium, jedes Landeskriminalamt, jedes Landesamt für Verfas-sungsschutz, seinen eigenen Krieg und auf der Bundesebene noch mal das gleiche mit den entsprechenden Bundes-Behörden und damit es nicht zu einfach wird, mischen zusätzlich noch der Bundes-Nachrichten-Dienst und der militärische Abschirmdienst nach Kräften mit. Und dann, als ob man dem Durcheinander noch die Krone aufsetzen wollte, bestehen auch all unsere demokratisch gewählten Parlamente auf Landes- und auf Bundesebene darauf, dass sie über alle wichtigen Projekte, und was ist hier schon nicht wichtig, dass sie über alle wichtigen Projekte vorab informiert werden müssen, damit sie dann bei Nichtgefallen alles wieder ein-stampfen dürfen .... und wenn denn dann mal fast alles gut aussieht, dann kommen die Landes- oder die Bundes-Datenschützer und kippen nochmal Sand ins Getriebe, wenn sie nicht schon im Vor-

5 Geld und Politik

feld verhindern konnten, dass überhaupt ein funktionierendes Getriebe gebaut werden konnte ….

Kinder, ich sage euch, dieser Krieg ist für uns in Deutschland schon verloren, bevor er begonnen hat, und er hat schon begonnen, aber, zum Glück, zu eurem Glück, eröffnet alles, was nicht klappt, immer auch große Chancen Geld zu ver-dienen, die vielen schicken, großen und kleinen Beratungs-firmen könnten ein Lied davon singen, tun sie aber nicht, weil sie klug sind und einfach nur in aller Ruhe viel Geld verdienen.

... und das wars jetzt? Das waren jetzt deine zum Geldverdienen? ...

Ja, klar, was habt ihr denn erwartet? Manchmal müsst ihr auch zwischen den Zeilen lesen.

Hätte ich euch etwa so was sagen sollen wie: da an der süd-westlichen Ecke des Elb-Sees, an dem kleinen Stück Strand hinter der zugewucherten Park-Bank, da wo es eine Absper-rung gibt, weil das dahinter ein Bio-Reservat ist, wo alle guten Bürger nicht weiter gehen, da liegen am Sonntag, morgens, wenn das Wetter am Samstag gut und warm war, jede Menge leere Alu-Bier-Dosen mit einem Wert von 25 ct pro Stück?

Wenn so etwas erst mal irgendwo geschrieben steht, das solltet ihr doch wissen, dann machen immer die anderen das Geschäft …. bis ihr dann da seid, sind die Büchsen alle eingesammelt ….

so, mehr fällt mir jetzt auch nicht mehr dazu ein und daher folgen jetzt wie immer die Definitionen dieses Abschnitts:

Definition „Geld"

Geld ist eine strukturierte Menge von Elementen (meist symbolisiert durch Zahlen und Zeichen für eine Einheit) mit denen man rechnen kann und einer Bewertungs-Funktion, die Gegenstände, Tätigkeiten oder auch irgendwelche beliebigen abstrakten Dinge auf die Menge dieser Elemente abbildet. Diese Abbildung wird in einem gesell-schaftlichen Konsens gestaltet und immer wieder neu angepasst, mit dem Ziel, über den Geld-Wert Dinge und Tätigkeiten miteinander vergleichbar zu machen, die sonst schwer zu vergleichen wären. Es ist üblich, aber nicht notwendig, die Geldwerte durch symbolische Gegenstände wie Kauri-Muscheln oder Münzen oder bunt be-drucktes Papier zu repräsentieren. Das Geld-System ist schon sehr früh in der Geschichte der Menschheit entstanden, weil es damit möglich wurde den Tauschhandel zu vereinfachen: man konnte auf diese Weise auch mit komplizierten und widerspenstigen Dingen wie Bäumen, Schif-fen, Häusern, Kamelen, Frauen, Sklaven oder was auch immer Handel treiben.

5 Geld und Politik

Definition „Politik"

Politik ist eine Form der menschlichen Aktivität, die sehr schwer von anderen menschlichen Aktivitäten abgrenzbar ist. Sie bewegt sich irgend-wo und irgendwie im Bermuda-Dreieck von Pro-minenz (Medien-Präsenz), Macht (Geld, Stellung) und Geselligkeit (Vereinsmeierei). So ist es nicht verwunderlich, dass früher Priester oft auch Politiker waren, heute werden gerne auch Schau-spieler oder Sportler genommen oder in Deutschland bevorzugt die professionellen Vereins-Meier. Dagegen sind die wirklich mächtigen Industrie-Bosse oft schlechte Politiker. Auch gute (Natur-) Wissenschaftler sind selten für den Beruf des Politikers geeignet. Ein gutes rhetorisches Talent ist eine wichtige Voraussetzung für einen erfolg-reichen Politiker. Die Politik hat die Aufgabe das Zusammenleben der Menschen in der Gesellschaft zu befördern und zu verbessern und wenn not-wendig erfolgreicher zu gestalten. Früher genügte dazu ein Häuptling, ein Priester oder ein Heil-kundiger. In unseren heutigen komplexen und reichen Gesellschaften (reich im Sinne von sehr viel Geld zur Verfügung zu haben) reicht das nicht mehr. Es hat sich eine ganze, eigene Kaste von gewählten oder auch selbst ernannten Politikern gebildet, die sich den oben genannten Aufgaben widmet. Ein wesentlicher Grund für die heute so große Zahl von Politikern ist die Tatsache, dass auch die Verteilung des großen Reichtums einer Gesellschaft zu den Aufgaben der Politik gehört: Wer das Geld verteilt, der kann das Geld fühlen und der kommt dann meistens auch selbst nicht zu kurz bei der Verteilung.

Zusammenfassung von Abschnitt 5:

- Geld regiert die Welt

- Geld verdirbt den Charakter

- Kein Geld zu haben verdirbt auch den Charakter

- gute Söldner werden immer gebraucht

Ich hoffe jetzt doch sehr, dass bei den vielen Möglichkeiten auch eine für euch dabei ist, ich meine eine Möglichkeit für euch euer Geld zu verdienen ohne dass euer guter Charakter all zu sehr in Mitleidenschaft gezogen wird. Und selbst wenn euch dass Thema „Computerkrieg" nun doch nicht so fasziniert, dann gibt es noch einen ganz großen zweiten Bereich .... warum fällt mir das eigentlich jetzt erst ein? .... na ja, egal, das ist der Bereich, der schon immer und der auch noch lange den Menschen Brot und Arbeit geben wird, das ist ein Bereich, den ich selbst ganz gut kenne und der auch mir Brot und Arbeit gegeben hat .... vielleicht habe ich ihn deshalb ausgeblendet,

5 Geld und Politik

also das ist der Bereich des Gesundheits-Wesens oder auch Gesundheits-Unwesens.

... Papa ...

Ja doch, auch dieser Bereich wird durch die Auflösung unserer demokratisch-humanistischen Strukturen und durch die Auflösung der demokratisch-kapitalistischen Strukturen seine jetzige Form verlieren und in einer neuen Form wieder auferstehen .... fragt mich jetzt nicht nach Details, die kennt bei solchen grundlegenden Umwälzungen keiner, selbst ich nicht, nein, wichtig für euch ist, dass auch in diesem Bereich lernende Computersysteme die Gesetze des Handelns diktieren werden und es für euch auch dort gute Chancen geben wird, euren Lebensunterhalt zu verdienen ohne euren Charakter all zu sehr verbiegen zu müssen. Der Krieger des Lichtes muss sich im Spiel mit dem Computer trainieren und mit seinem Gegner wachsen.

6 Ende und Anfang

Wir werden hineingeworfen in dieses Leben und keiner hat uns vorher gefragt, hat uns gefragt, ob wir das überhaupt so haben wollen. Wenn wir gefragt worden wären vorher, ja dann hätten wir es schon ein bisschen genauer wissen wollen, dann hätten wir wohl wissen wollen, was da auf uns zukommt. Wir hätten Bedingungen gestellt, hätten hart verhandelt …. war aber nix, ungefragt, schwupp die wupp, sind wir da und liegen schreiend und plärrend herum und wissen nicht was Sache ist. Zum Glück gibt es dann meistens Mama, mit ihrer warmen, weichen Brust, die uns Geborgenheit gibt und da ist manchmal auch Papa, der auch irgendwie mit dabei ist und hilft den Überblick zu behalten, manchmal. Direkt nach so einer Geburt sind ja nicht nur die Kinder hilflos, auch die Mütter sind ein bisschen hilflos und konfus. Aber am hilflosesten seid natürlich ihr, ihr Kinder, und das bleibt auch so, auf jeden Fall für die nächsten 2 bis 3 Jahre. Pflegestufe 5, Härtefall, würde ich mal sagen. Aber trotzdem kein Fall für die Pflegeversicherung, warum eigentlich nicht, na ja, kommt vielleicht noch!

Also jetzt seid ihr da, auf einer besonderen Art Intensiv-Pflegestation und wenn ihr euch später versucht daran zu erinnern, fällt euch nicht mehr viel dazu ein, außer vielleicht ein paar Bildchen und Filmchen, die Mama und Papa von euch zur Erinnerung für später gemacht haben und ihr habt Erinnerungen an die vielen Geschichten und Legenden, die euch später über diese Zeit erzählt werden …. schade ei-

gentlich, dass man keine direkte Erinnerung an diese Zeit mehr hat
…. so fehlt natürlich auch ein bisschen die Dankbarkeit für das alles,
was wir damals ungefragt bekommen haben, um nicht direkt wieder
zu sterben.

*… Papa, das hast du im Abschnitt über den
„Geist" alles schon mal erzählt …*

Ja, da könnt ihr mal sehen, wie wichtig mir das ist …. und was
kommt danach?

… Papa, denk auch mal an uns …

Tue ich doch, immer und immer wieder …. also, es gibt dann weitere 2 bis 3 Jahre betreutes Wohnen, ganz ohne oder nur mit leichtem
Leistungsdruck durch die Erwachsenen um euch herum. Spätestens
danach beginnt dann in unseren mittel-europäischen Gefilden der
„Ernst des Lebens", die Schule. Also über die Schule hab ich euch,
glaub ich, noch nichts erzählt!

*… doch, hast du doch, man Papa, dein
Gedächtnis …*

Also gut, trotzdem, die Schule: Im schlimmsten Fall und der ist inzwischen schon die Regel, verbringt ihr dann die nächsten 12 bis 13
Jahre in einem merkwürdig halb-autonomen Zustand mit täglichem,
erzwungenem Schulbesuch. Wochenende ist meistens frei, Gott sei
Dank.

Warum ist das so? Na ja, es war halt immer so. Es kam so, dass
irgendwann in einer Zeit vor unserer Zeit, die Erwachsenen meinten,

dass die Kinder besser auf ihr späteres (Arbeits-)Leben vorbereitet werden müssten. Die Väter selbst hatten meistens keine Zeit und auch keine Lust neben ihrem Geld-Erwerbs-Arbeitsleben auch noch Kinder-Erziehungs-Arbeit zu leisten.

Die Mütter ja, die hätten es früher vielleicht sogar gerne getan, aber da waren die staats-tragenden Politiker dann doch der Meinung, das man so ein Risiko nicht eingehen darf: Mütter und natürlich auch Väter, haben meist zu wenig Bildung und würden ihren Kindern ungenügendes Wissen, vielleicht sogar gefährliches, kritisches, revolutionäres, staatsfeindliches Wissen und Verhalten beibringen .... einen derart heiklen Auftrag wie die (Aus-)Bildung von jungen Menschen-Kindern können nur besonders geprüfte, qualifizierte und erwachsene Menschen zufriedenstellend durchführen. Das sind dann meist auf den Staat eingeschworene Beamte .... gut, der Staatsgeist von heute ist etwas liberaler geworden, die traditionellen Rollenverständnisse wurden aufgeweicht. Aber dass mit dem Misstrauen den einfachen Bürgern gegenüber ist geblieben.

Deshalb haben wir eine Schulpflicht und notfalls werden unsere Kinder sogar mit Polizeigewalt den Pflicht-Schulen zugeführt. Schade ist dabei, dass wir, ich sage jetzt wir, weil auch euren Eltern das so ergangen ist, also schade ist dabei, dass wir unsere kreativsten, aktivsten und lernbegierigsten Lebensjahre auf diese Weise zum großen Teil mit einer Art Zwangsveranstaltung verbringen müssen.

Und als ob es nicht noch schlimmer kommen könnte, ver-bringen viele von uns dann nochmal 5 bis 10 Jahre in einer Art Schule für Erwachsene, die sich Universität nennt oder so ähnlich.

6 Ende und Anfang

Gut, unsere Schulen und Hochschulen sind heutzutage in der Wahl ihrer Erziehungsmethoden kindgerechter, menschlicher geworden. Früher ging es in den Schulen und Universitäten eher zu wie bei einer Hunde- oder Pferde-Dressur, nur halt zusätzlich mit Gedicht-Aufsagen, Text- und Formel-Auswendig-Lernen und ähnlichen Kunst-Stückchen.

Aber ein Stück weit ist natürlich jede erzwungene Erziehung immer auch eine Form von Dressur.

Am Ende sind die Muster-Schüler dann oft angepasste Auto-maten und die schwer erziehbaren Schul-Abbrecher machen Karriere, manchmal natürlich dann halt eher auf der dunklen Seite der Macht.

Gut oder nicht gut, es ist wie es ist und es hat eine lange Tradition und die Experimente mit der antiautoritären Erziehung sind gescheitert und natürlich liegt es auch ein bisschen daran, dass wir alle nicht so recht wissen, was wir mit dem Geschenk unseres Lebens hier auf unserem Planeten anfangen sollen. Ich habe euch im Text vorher ja ein paar Vorschläge gemacht und von meinen Ideen dazu erzählt, aber ich weiß auch, dass da noch viele Fragen offen geblieben sind.

`... wie wahr ...`

Also, da ich dazu nichts mehr weiter sagen will, irgendwann muss ja auch mal Schluß sein,

`... gute Idee ...`

also ich finde, dass das jetzt eine gute Gelegenheit ist, euch auch mal etwas von mir selbst zu erzählen. Ihr sollt schließlich nicht den Eindruck bekommen, daß ich euch nur Vorträge über das Leben im allgemeinen und im speziellen halten will, euch nur erzählen will, was ihr tun oder lassen sollt, was ihr denken oder nicht denken sollt.

... ob das eine gute Idee ist ? ...

Aber sicher doch. Also das mit den Eltern und den Kindern ist ja auch so eine Art Kreislauf, nur haben die Kinder oft den Eindruck, sie würden sich selbst besser und weiter entwickeln, sie wären am Ende dann doch viel weiter entwickelt als es ihre Eltern früher jemals waren ....

... wie wahr ...

Ist aber falsch! Dieser Eindruck entsteht, weil wir unser ganz persönliches Mensch-sein vermischen mit den Dingen und Geschehnissen außerhalb und um uns herum, mit den technischen Entwicklungen, die fortschreiten, mit den Geräten und Hilfsmitteln, die immer besser werden und mit den Erfahrungsmöglichkeiten, die es jetzt gibt und die wir Eltern früher so nicht hatten oder mit denen wir nicht mehr zurecht kommen oder von denen wir nichts wissen oder von denen wir nichts mehr wissen wollten.

Wenn man das moderne Äußere um uns herum mal alles in Gedanken wieder wegnimmt, uns reduziert auf unser reines, nacktes Mensch-sein, dann sieht man, dass es doch nicht so viel Weiter-Entwicklung in der Menschheits-Geschichte gegeben hat. Wer daran zweifelt, braucht sich nur ein paar Wochen lang die Nachrichten über das Weltgeschehen anzusehen. Oder er beschränkt sich auf den Lokalteil seiner Zeitung und auf die Ereignisse in seinem Stadt-Viertel

6 Ende und Anfang

.... egal, spätestens dann ist jedem klar, dass der Mensch an sich keine nennenswerten Fortschritte gemacht hat, was sein Verhalten gegenüber seinen Mitmenschen, gegenüber seinen Mit-Lebewesen und auch gegenüber seinem Planeten angeht.

Eine Ausnahme ist vielleicht neuerdings sein Verhalten gegen-über denjenigen Tieren, Hunden, Katzen oder Pferden, die er sich selbst als Haustier zugelegt hat, die er gleichsam als neues und besser verträglicheres Familien-Mitglied angenommen hat.

Da dreht sich vieles unverändert im Kreis und die Mit-Menschlichkeit und Barmherzigkeit gegenüber Armen und Schwachen macht keine Fortschritte. Was wirklich große Fort-schritte macht, dass ist die Technik, die uns immer schneller und immer eindrucksvoller neue Gerätschaften, neue Verfahren und neue Erkenntnisse bringt.

Der Mensch steht inzwischen sehr hilflos da, wenn dann mal die Technik versagt und die sonst so faszinierende Informa-tions-maschinerie schweigt.

Aus Erde sind wir entstanden und zu Erde werden wir werden. Wohl dem, der einen festen Glauben hat. Wenigstens solange ihm die hohen Priester dieses Glaubens nicht erzählen, dass er dann am schnellsten in den Himmel kommt, wenn er vorher möglichst viele Ungläubige zur Hölle geschickt hat!

... Papa, das hatten wir alles schon und du hältst schon wieder Vorträge und was für Vorträge ...

ja, doch, ja, aber, nein .... also wo waren wir im Text ?

6 Ende und Anfang

... du wolltest uns etwas über dich selbst erzählen ...

mmhhm, so, ja, wollte ich das? Gut, also, wie fange ich das jetzt an? Das Thema liegt mir nicht so !

... bitte nicht noch mehr langweilige Vorträge und auch keinen langweiligen Lebenslauf oder irgend so etwas in der Art ...

Also gut Kinder .... es gab einmal einen Moment im Leben eures Vaters, na ja, Moment stimmt nicht so ganz, ein bisschen länger hat es schon gedauert, ein paar Stunden, ein paar Tage, da war ich so richtig glücklich, ohne wenn und aber, ich hatte das Gefühl für die Zeit verloren, ich war mit mir und der Welt im Reinen und alles war gut so wie es war und das kam so:

Ferien, Ferien sind immer gut! Also Sommer-Ferien in der Bretagne, am Ende der Welt, am rauen atlantischen Ozean in einem Ferienhaus. Hochbezahlte Menschen laufen um Häuser und gießen Blumen. Es ist Ende Juni im Jahr 2006 und wir, Deutschland und ich, wir sind im Fussball-Rausch ....

... man Papa, da hätten wir jetzt aber ein bisschen mehr Tiefgang von dir erwartet ...

nu wartet doch mal ab .... also ich träume! Ich träume mit einem Stift in der Hand und einem leeren Heft vor mir auf dem Tisch. Der große alte, schartige Holztisch steht in einem einfachen Raum in einem niedrigen, alten Natursteinhaus, wie es für die Bretagne hier typisch ist. Es liegt in einer lockeren Siedlung von weiteren solchen Häusern inmitten von saftigem Grün, bunten, duftenden Blumen, Kräutern und Gräsern und ungeteerten Wegen. Trotz des trockenen Sommers und des vielen Staubes, den die Autos der Feriengäste aufwirbeln, wirkt alles frisch. Wahrscheinlich, weil so viel gegossen wird. Das Meer ist nicht weit, man kann es am offenen Fenster riechen. Ein paar, für meinen Geschmack viel zu große Insekten schwirren in der Gegend herum, haben aber einen aus-reichenden Mindest-Abstand, dreifache Armlänge.

Es ist der späte Nachmittag eines heißen, sonnigen Tages. In den Duft von Meer und Blumen mischt sich der Geruch von Kohlefeuer und ich weiß nicht wo er herkommt ....

... Papa, tu doch nicht so, du hattest schon wieder Grillfeuer angemacht ...

nein, nein, dafür ist es noch zu früh, noch zu heiß da draußen, viel zu viel Hitze am Himmel .... aber gut, es gibt hier einen richtig großen, alten, gemauerten Kamin in unserem Haus, vom Gebrauch innen schwarz geräuchert, in dem großen Raum, der gleichzeitig Wohnraum und Küche ist, in dem ich gerade sitze .... kommt der Geruch von da? Im Kamin ist kein Feuer, auch kein verkohltes Holz .... egal, ich sitze gedankenverloren am Tisch, ihr seid auch irgendwo in der Nähe, nein nicht ihr alle, zwei von euch und auch meine Frau ist da, nicht all zu weit weg, ich kann euch hören, fühlen, aber ihr seid weit genug weg (>5m), so daß ich mich in Ruhe von meinen Gedanken treiben lassen kann

6 Ende und Anfang

.... ich bin ein kleines Licht auf diesem Planeten und träume davon ein bisschen größer zu sein, groß zu sein, ein großes Licht zu sein ....

Nur, was bleibt am Ende selbst von den richtig großen Lichtern, den Leuchtfeuern, den großen Geistern und den großen Kriegern, den bösen Kriegern, den guten Bösen und den bösen Guten, die den Lauf der Geschichte verändert, ihm eine neue Richtung gegeben haben?

Was bleibt von Jesus, Moses, Mohammed, was bleibt von den Propheten

Was bleibt von Goethe, Schiller, Shakespeare und von ihren Exegeten

Was bleibt von Caesar, Ghandi, von den Kimbern und von den Teutonen

Was bleibt von Mao, Stalin, Hitler, was bleibt von den Klingonen ......

bleibt alles was war ohne eine Spur, wenn in ein paar Mill-iarden Jahren unsere Erde von der Sonne verbrannt und ver-schluckt wird?

Was nützt es, Wissen zu erlangen, Werkzeuge und Techno-logien zu erschaffen, die immer mehr Menschen ein gutes, ein besseres Leben ermöglichen? Was nützt es zu helfen, Not zu lindern, zu leben, Kinder groß zu ziehen, neue Welten zu erobern?

... Papa, dein Thema ...

was nützt das alles, wenn nichts davon bestehen bleibt?

... Papa, dein Thema ...

Manche philosophierenden Physiker glauben, die wahre Realität sei nur eine Art von Mathematik: alles was ist, alles was war, alles was jemals sein wird, aber auch alles was nur möglich, was nur denkbar ist, existiere als rein mathematische Form, existiere ohne Zeit und Raum ....

ich glaube nicht, dass wir mit der Mathematik an diesem Punkt weiterkommen, nein, aber ich glaube, dass es so etwas wie ein Reich aller Möglichkeiten gibt, ein Reich, das alle Vergangen-heit und alle Zukunft umfasst, ein Reich ohne Raum und Zeit und ohne Mathema-tik und ohne Physik, ohne Schulen und ohne Universitäten, ohne Pflanzen, Tiere und Menschen, und ich glaube, dass das das Reich Gottes ist, von dem die Propheten sprechen ....

.... und in solchen Momenten, wie denen in der Bretagne, da spüre ich etwas davon ....

6 Ende und Anfang

Wir denken und handeln auf Grund unserer Gefühle und unserer inneren Vorstellungen von der Welt und von uns selbst. Diese Vorstellungen entspringen dieser Welt und haben ihren Sinn in dieser Welt …. solche Konstrukte entstehen ohne uns zu fragen, ob wir sie haben wollen, sie fallen uns zu, wir erleben sie als unbewußte Erfahrung auf Grund unbewußter Operationen auf Matrizen von Neuronen, wir erben sie von unseren Eltern und allen ihren Vorfahren. Wir verändern sie mit unserem eigenen Lernen und Erfahren. Wir denken und handeln auf der Basis dieser Konstrukte, erworben, erlernt und verändert von unseren Eltern, von unseren Spielkameraden, von unseren Lehrern und unserer Gesellschaft.

Wir lernen von guten und von schlechten Menschen, von Presse, Funk und Fernsehen, von Facebook, Twitter und YouTube. All das spiegelt die Welt in uns hinein und wir spiegeln unsere persönliche Welt in die große Welt zurück. Und schon wieder sind wir in einem Kreislauf.

Was ist real, was ist wirklich, was ist Fiktion?

Auf der Ebene der Elementarteilchen ist vieles möglich, was auf der Ebene unserer groben, menschlichen Existenz nicht möglich ist. Unsere makroskopische Welt wird von den Entro-pie-Gesetzen und der nicht umkehrbaren Zeit regiert.

Das Weinglas, das vor mir auf dem Tisch steht, hat für mich eine harte, feste Konsistenz und ist kaum zu übersehen.

Ein Neutrino würde das anders sehen, wenn er denn sehen könnte :-)

6 Ende und Anfang

Wenn mein unzureichend kontrollierter Ellenbogen es trotz-dem jetzt vom Tisch fegt und die Schwerkraft es auf den schönen, alten Stein-boden zu treibt, dann zerspringt es am Ende seines Weges in tausend Stücke. Gut, dass nur noch ein kleiner Rest von dem leckeren Julien-as drin war. Alles verteilt sich jetzt ziemlich unordentlich auf dem Boden, der Julienas verkriecht sich auch noch in die kleinsten Ritzen und Risse .... theoretisch geht dabei noch nicht einmal viel Energie verloren und die wird dann auch noch unnötigerweise als Wärme an die Umgebung abgegeben.

Warum hat noch nie jemand beobachtet, dass sich so etwas einmal in der anderen Richtung abspielt? Die verstreuten Glassplitter ver-sammeln sich wieder zu einem schönen festen Glas und nehmen da-bei auch noch die versprengten Wein-tropfen wieder auf und zum krönenden Abschluß springt das Glas mit einem eleganten Schwung wieder auf den Tisch, direkt neben meinen Ellenbogen .... gut, mög-licherweise müssten einige klein-flächige chemische Reaktionen wie-der umgekehrt werden, die eine oder andere Ameise müsste reani-miert und kurzzeitig in einer Ausnüchterungs-Zelle unter-gebracht werden ....

Theoretisch ist das alles möglich, die Energie, die man dafür braucht ist exakt dieselbe, wie die, die bei der zerstörerischen Aktion an die Umgebung abgegeben wurde. Man könnte sie der Umgebung wieder entziehen, das bisschen Abkühlung würden wir nicht einmal bemer-ken, bei der Hitze, genau so wenig, wie wir vorher die Erwärmung bemerkt haben als das Glas zu Bruch ging und wenn doch, dann lag das eher an der kleinen Adrenalin-Ausschüttung, weil wir die Aktion dann doch nicht ganz so cool fanden ....

Vielleicht passiert so etwas ja tatsächlich mal, nur es ist halt so unwahrscheinlich, so selten, dass es nichts bringt darauf zu warten. Vielleicht sind ja selbst die gut 13 Milliarden Jahre, die unser Universum jetzt alt ist, eine viel zu kurze Zeit, um so etwas mal zu erleben ....

... Papa, dein Thema, du hast wieder mal den Faden verloren ...

ja, ja, ich merke es ja selbst, ich halte schon wieder Vorträge. Dabei wollte ich euch doch nur auch mal ein bisschen was von mir selbst erzählen, wie ich so bin und denke und ticke .... aber gut, vielleicht ist es das ja gerade, was ich sagen will: ich bin ein Mensch, der sich gerne verliert, der gerne den Zusam-menhang verliert und sich gerne ablenken lässt ....

Vielleicht weil ich immer suche und genau genommen meistens gar nicht so genau weiß, was ich suche .... ich war immer gerne am suchen, das Glück am suchen .... zum Glück, zum Glück für mich und zum Glück auch für euch, habe ich bei all dem Suchen ab und zu auch etwas Gutes und Wertvolles ge-funden und es dann so gut es ging auch gehegt und gepflegt, zum Beispiel euch Kinder ....

... ich glaub es nicht, ich auch nicht, … ,
… , ...

6 Ende und Anfang

ja, ja, ich sag ja, so gut es ging und ich gebe ja auch zu, es ging nicht immer gut, aber ich hab mir Mühe gegeben, das dürft ihr mir glauben, das müsst ihr mir jetzt einfach mal glauben …. das war mir wichtig in meinem Leben und das ist auch vielleicht meine wichtigste Botschaft für euch:

ihr müsst nicht immer genau das tun, wovon ihr glaubt, dass andere es von euch erwarten und ihr müsst auch schon gar nicht so denken, wie ihr glaubt, dass die anderen es von euch erwarten. Begebt euch auf die Suche, auch wenn ihr selbst noch gar nicht wisst, was ihr finden wollt.

Die Menschheit ist nicht das Ende der Entwicklung, sie ist nicht die Krone der Schöpfung auf unserem Planeten, wir sind nur eine besondere Form des Lebens unter vielen möglichen Formen und das Leben geht weiter, notfalls auch ohne uns.

Wenn ihr etwas entdeckt, das euch gut und wertvoll erscheint, dann haltet es fest, kämpft darum und beschützt es vor den Anfeindungen dieser Welt. Achtet das Leben. Auch wenn es nur eine kleine Ameise ist, die ihr zufällig auf eurem Weg entdeckt und die fast schon unter eurer Schuhsohle verschwunden ist. Natürlich könnt ihr nicht verhindern, dass auch diese Ameise irgendwann in den ewigen Ameisenhimmel kommt, aber es muss ja nicht gerade jetzt und unter eurer Schuhsohle sein.

Macht euch keine großen Illusionen, ihr könnt den Regenwald nicht retten und die Menschheit sowieso nicht und um die Ameisen müsst ihr euch nun wirklich keine ernsthaften Sorgen machen, die kommen ziemlich gut auch ohne uns zurecht. Dass ihr das eine Exemplar gerade gerettet habt, ist für die Zukunft des Ameisenvolkes nicht von Bedeutung, es ist eine Geste, eine gute Geste, eine schöne Geste, mehr nicht ....

ihr sollt offen und ehrlich euch selbst gegenüber euer Leben leben. Ein Leben, dessen wahrer und tiefer Sinn euch immer verborgen bleiben wird.

Vergeudet nicht eure Zeit damit, den wahren, tiefen Sinn des Lebens zu suchen, kein Mensch wird ihn jemals finden, weil nur Gott ihn kennt.

Das Leben ist eine Art Spiel, ein spannendes, glückbringendes Spiel manchmal, ein schreckliches, grausames Spiel ein andermal. Und immer ein Spiel, bei dem euer ganz persön-liches Leben auf dem Spiel steht.

Die Menschen, die jetzt in den Gebieten des nahen Ostens um ihr Leben fürchten und um ihr Leben kämpfen, die wissen das, die wissen das viel besser als wir hier in unserem reichen und friedlichen Land.

Für uns hier ist das Schlimmste oft die Gleichgültigkeit mit der die meisten Menschen sich begegnen. Oder die hohlen und leeren aber wohltönenden Reden unserer Politiker, das dürftige und unzureichende ihrer Taten.

Auch die Kraftlosigkeit der Anforderungen und Aufgaben, die gestellt werden, wenn eure Lehrer euch sagen, ihr sollt Latein-Vokabeln lernen oder die Gedankengänge berühmter alter Männer nacherzählen.

6 Ende und Anfang

Und dass ihr euer Zimmer aufräumen und keinen Müll auf die Straße werfen sollt.

Ihr steckt voller Lebensenergie, die raus will aus euch, die unter Einsatz eures ganzen Lebens neues gutes Leben schaffen will, die nicht zurückblickt, sondern nach vorne.

Mit dieser Energie macht ihr den meisten anderen und vor allem den meisten älteren Menschen Angst. Sie bekommen es mit der Angst zu tun, weil sie fürchten, dass euer Über-Mut ihr kleines bisschen Glück zerstört, das kleine bisschen Glück, dass sie sich mit großer Mühe gegen die widrige Welt erkämpft haben und das in einem Energie-Sturm wieder zu Bruch zu gehen droht wie das Weinglas gerade eben und sie haben nicht die Hoffnung, dass das alles wieder in Ordnung kommen könnte ....

Leben heißt Strukturen schaffen und Strukturen erhalten, aber nicht als Selbstzweck, sondern um neues und noch intensiveres Leben zu schaffen ....

... ja Papa, is ja schon gut, du musst jetzt nicht so dick auftragen, komm wieder zurück zu dir, was hast du für ein Spiel gespielt? ...

na gut, also, ihr habt wirklich großes Talent, meine geistigen Höhenflüge zum Absturz zu bringen !

Also, als ich so alt war wie ihr jetzt, da war die Gerechtigkeit oder die Ungerechtigkeit auf der Welt ein großes Thema für mich und ich wollte, dass das Unrecht, die Ungerechtigkeit, die so viele Menschen ertragen müssen, verschwindet ....

... Papa, bitte eine Nummer kleiner ...

na gut, also noch eine Nummer kleiner: also, ich war auch mal in der Schule und habe Vokabeln gelernt und Gedichte auf-gesagt, alles was dazu gehört, aber ich gebe zu, ich habe es nie mit Begeisterung gemacht, es hat mir nicht einmal Spaß gemacht, ich habe es ertragen, weil die Alternative gewesen wäre, irgendwo in eine Lehre, in eine praktische Berufs-ausbildung zu gehen. Und das war mir damals viel zu nahe am wirklichen, praktischen Leben.

Das war mir viel zu nahe am Leben meiner Eltern und das war in meinen jugendlichen Augen damals überhaupt nicht auch nur annähernd attraktiv, das Leben meiner Eltern.

Gut, ich muss zugeben, das ist keine sehr positive Haltung, kein sehr leidenschaftlicher Lebens-Entwurf, dass war eher so etwas wie Vermeidungs-Verhalten .... das war wohl so, ja .... ich war dann weiter auf der Suche, habe aber nirgendwo, auch nicht außerhalb der Schule etwas gefunden, was mir ein richtig gutes Ziel für mein Leben gegeben hätte .... das einzige, was mir an der Schule so richtig und ohne Einschränkung Spaß gemacht hat, das war der Sport. Aber auch nicht jeder Sport, also Geräteturnen, Gymnastik, Konditions-Training, das war Quälerei, eine Katastrophe, das war nichts für mich. Aber Fußball, Handball, Basketball, alles wo man sich die Seele aus dem Leib rennen konnte und dabei trotzdem noch ein klares Ziel vor Augen hatte, nämlich einen Ball, den einzigen Ball, den es gab, und dieser Ball musste im Tor oder Korb des Gegners versenkt werden.

Da war man auch nie alleine, man brauchte eine gute Mannschaft, um zu gewinnen. Und wenn man am Ende gewonnen hatte, vielleicht sogar gegen einen starken Gegner, vielleicht sogar einen Gegner, der vorher gesagt hat: gegen uns werdet ihr nie gewinnen, wenn wir den dann geschlagen haben und ich dabei vielleicht sogar ein Tor geschossen hatte, das wars dann, was besseres konnte es für mich nicht geben, damals .... ich glaube, ich sollte wieder Sport machen ....

Gut, gegen Ende der Schulzeit hatten wir tatsächlich zum ersten Mal dann auch einen richtig guten Lehrer, einen der jung war und erfrischend frisch, der gerade von der Uni kam und selbst noch voller Tatendrang war, wir hatten gute und offene Diskussionen in der Klasse und mir selbst hat das am Ende mehr gebracht und mehr Mut gemacht für mein späteres Leben als alles andere, was vorher war.

Wie gesagt bis auf den Fußball, das wäre mir das Liebste gewesen, aber diese Karriere ist an meinem Vater gescheitert, dem ehemaligen leidenschaftlichen Klein-Vereins-Fußballer, der mir früh und unmißverständlich verboten hatte, in einen Fußball-Verein einzutreten, von wegen dem schlechten Umgang, den man dort hat .... das nehme ich ihm auch heute noch übel, aber ansonsten habe ich meinen Frieden mit ihm gemacht, mit meinem Vater, er war doch auch nur ein Mensch, ein guter Mensch sogar und er wusste wovon er redet und er ist es auch immer noch, ein feiner Kerl .... auch wenn wir damals so gut wie nie einer Meinung waren und ich lange Zeit nicht gut auf ihn zu sprechen war

... und, wie ging es weiter? ...

Also das mit dem Unrecht auf der Welt, das war immer noch mein Thema. Ich war nach der Schule bei der Bundeswehr, auch eher, weil mir nichts besseres eingefallen war. Aber natürlich ist es richtig, wenn eine ganze Gesellschaft als Staat von einer feindlichen Armee eines anderen feindlichen Staates angegriffen wird, daß man sich dann eben auch nur mit einer eigenen, großen und guten und besseren Armee schützen kann .... soweit war mir das erst mal alles klar und es war auch ok so für mich.

Nur die Praxis war dann nicht so, wie erwartet. Als ich als einfacher Soldat bei den Feldjägern meinen Dienst in unserer Bundeswehr angetreten hatte, wurde mir mit jeder Woche Dienst, nach jedem politischen Unterricht, den es einmal pro Woche gab, immer mehr klar, dass diese Armee-Einheit, in der ich da meinen Dienst tat, mit diesem Vorgesetzten, der uns bei jeder passenden und unpassenden Gelegenheit daran erinnerte, dass wir die verlorenen deutschen Gebiete im Osten nicht vergessen dürfen und dass der Feind im Osten steht und immer links ist, als ob der Osten immer links sein müsste, also mit so einer Motivation und so einem Chef, das wurde mir damals klar, würden wir, die Bundeswehr und ich, wohl keine guten Freunde werden ....

Ich habe dann auch noch während meiner Bundeswehrzeit den Wehrdienst verweigert und einen zivilen Ersatzdienst geleistet ....

6 Ende und Anfang

danke noch mal an an dieser Stelle an die damalige Gesellschaft, dass das für mich so überhaupt möglich war, meine Brüder und Schwestern im Osten hatten da weniger Optionen ....

Ich habe dann Mathematik studiert und Physik und Informatik, weil mich alles Technische schon als Kind fasziniert hat und ich schon immer wissen wollte, wie die Dinge in ihrem tiefsten Inneren funktionieren. Und ich habe auch immer noch auf vielen Demonstrationen gegen die Ungerechtigkeit auf dieser Welt demonstriert ....

... ok, ok, Papa, is ja gut, wir wollen dir das mal alles glauben, aber das ist lange her, was ist daraus geworden? Zum Beispiel aus deinem Kampf gegen die Ungerechtigkeit auf dieser Welt? ...

gut, ich mache es kurz, ich habe den Kampf verloren .... nein, so krass würde ich das jetzt nicht sagen wollen, aber ich habe in diesem Kampf doch stark nachgelassen. Ich bin zu der Überzeugung gekommen, dass dieser Kampf im großen und ganzen nicht zu gewinnen ist. Die Welt ist zu groß, es gibt zu viele Menschen und die guten Menschen sind sich nicht einig und so kann man den Kampf nicht gewinnen.

Und es kommt noch etwas hinzu: Die große Gerechtigkeit zerfällt bei genauem Hinsehen in milliardenfache kleine Gerechtigkeiten und in noch viel viel mehr Ungerechtigkeiten: Die größte der kleinen Ungerechtigkeiten beginnt schon mit dem Ort der Geburt und dem Status der Geburts-Familie. Wenn man das ausgleichen will, dann muss man Ghetto-Bewohner aus den Slums von Manila in Upper-class-

Haushalte nach England bringen und Mitglieder der Königsfamilie in Bauern-haushalte in den ärmsten Provinzen dieser Erde. Mao hat mit seiner Kultur-Revolution etwas in der Art in die Praxis um-setzen wollen und das Leid, das er damit über das chinesische Volk gebracht hat, war unermesslich groß und ist mir und sollte auch euch eine Mahnung sein ....

... aber wie kannst du es jetzt ertragen, dies milliarden-fache Unrecht auf dieser Welt ? Wenn du nicht mehr glaubst, daß du dieses Unrecht besiegen kannst, wie kannst du leben mit soviel Ungerechtigkeit ? ...

Wenn ich nur immer Elend und Unrecht auf diesem Planeten sehen würde und erleben müsste, nein, ich wüsste nicht, wie ich das ertragen könnte .... aber zu meinem Glück hat mich etwas von diesem aussichtslosen Kampf weggezogen.

Ich habe so ganz still und heimlich mein kleines Leben lieb gewonnen, das kleine, einfache Leben, nicht das, was uns in der Schule als das große Leben verkauft wird. Mir war klar geworden, dass ich am Ende das Spiel des Lebens nicht gewinnen kann, im Spiel des Lebens gibt es keine Gewinner, am Ende verlieren wir alle.

Wir alle müssen sterben, aber bis es soweit ist, macht es Sinn und gibt uns Sinn, dass wir unser kleines Leben leben, intensiv leben, das Leben fördern, auch das Leben der anderen, die in unserer Nähe sind, alles Leben fördern, aber das geht nur da, wo es uns möglich ist und es in unserer Reichweite liegt und wir die Kraft dazu haben.

6 Ende und Anfang

Und wenn ihr jetzt fragt und ich sehe euch an, dass ihr das jetzt fragen wollt, was das denn wohl bedeuten soll, das Leben zu fördern?

Dann sage ich euch, das weiß ich auch nicht so genau, es ist keine Frage des Wissens und auch keine Frage des Gefühls. Es ist so etwas wie sich tragen lassen von der Kraft allen Lebens, von der Kraft, die Leben will, die in uns selbst ist und bei den anderen Menschen ist und nicht nur bei den anderen Menschen, sie ist überall in der Natur und im Weltall, im kleinsten Pantoffel-Tierchen .... und ein wichtiges Ergebnis dieser Lebenskraft, vielleicht sogar das Wichtigste, dass seid natürlich ihr, meine Kinder ....

... man Papa, jetzt trägst du aber schon wieder so dick auf, wenn wir dir so wichtig sind, wie du sagst, hättest du uns schon mal eine etwas bessere Startposition für dieses Leben verschaffen können ...

ja, ok, ich weiß ja, was ihr meint, eure Startposition hätte aus eurer Sicht noch deutlich besser ausfallen können, nur, ich sage euch, wer weiß schon, was in diesem Zusammenhang schlechter oder besser ist? Nicht immer sind die mit der Pole-Position am Ende die Sieger und was heißt überhaupt Sieger im Zusammenhang mit dem Leben.

Das Leben ist kein Autorennen und Preise und Geld sind nicht alles, sondern nicht selten nur der Anfang einer traurigen Geschichte. Die Letzten werden die Ersten sein.

Es gibt keine Sieger im Spiel des Lebens, früher oder später verlieren wir alle unser Leben, aber wir haben trotzdem die Chance unseres

Lebens bekommen und wenn wir dieses Geschenk annehmen und unser Leben als bewußtes, intensives Leben leben und unser Wissen und unser Bewußtsein konzentrieren, um die Welt des Lebens zu bereichern und weiter-zu-entwickeln und nicht nur uns selbst weiter-zu-entwickeln und zu bereichern, dann leisten wir einen guten Beitrag. Mehr geht nicht. Geld, Ruhm und Macht können bei vielem helfen aber sie können auch vieles zum Schlechten wenden.

Der Mensch ist nur eine Episode, eine Staffel im Spiel des Lebens, das Spiel geht weiter .... auch ohne uns, auch wenn es später einmal keine Menschen mehr geben wird.

Uns bleibt nur der Glaube. Und wie die Schullehrer gerne sagen: glauben heißt: nicht wissen. Ja, ich weiß es nicht, aber trotzdem, der Glaube hilft uns, das Spiel des Lebens zu spielen, es gut zu spielen.

Der Glaube hilft uns nicht weiter, wenn wir wissen wollen, ob die Gleichung $x^2 = -1$ eine Lösung hat, aber der Glaube gibt uns die Kraft zu leben, im Glauben liegt die Gewissheit, dass wir im Reich Gottes aufgehoben sind, jetzt und für immer ....

... wie kannst du das alles behaupten, wenn du sogar selbst sagst, dass du es nicht wissen kannst ...

ja, ich weiß es nicht, ich glaube es und als ich so alt war, wie ihr es jetzt seid, da habe ich tatsächlich nichts vom Glauben gewusst. Und das lag auch daran, dass ich es gar nicht wissen wollte. Die Geschichte der Welt, so wie sie mir in der Schule vermittelt wurde und wie ich sie aus den Nachrichten und den Medien kennen gelernt hatte, diese

6 Ende und Anfang

Geschichte passte mir nicht und ich fand keine Erklärung dafür, warum die Geschichte so war, wie sie war, warum die Welt so war wie sie war. Die Erklärungen der Schullehrer und der Religionslehrer haben mich nicht überzeugt ....

... und das hat sich geändert? Wann? Warum? ...

Was sich geändert hat, begann mit dem Tod meiner Mutter. Ich war nicht dabei, als sie starb, aber sie war noch nicht lange tot, als ich sie hab liegen sehen. Auf einem Metall-Roll-Wagen in der Pathologie im Keller des Krankenhauses, in dem sie gestorben war. Sie sah aus, wie sie auch in den letzten Tagen schon immer ausgesehen hatte, wenn sie schlief, wenn ich sie im Krankenhaus besuchte. Erst als ich den Mut fand, mit meiner Hand ihr Gesicht zu berühren, wusste ich, dass sie tot war. Aber wo war sie jetzt?

Jedes Ende ist der Anfang von etwas Neuem. Mit jedem Tod verändert sich unser Leben, entsteht neues Leben. Mein Bild von der Welt ist ein sehr mathematisches Bild. Ein sehr physikalisches Bild. Energie kann nicht völlig verschwinden, ja, sie kann sich wohl in Luft auflösen, aber auch dann ist sie nicht verschwunden, sie hat nur eine andere Form angenommen. Das Reich Gottes ist nicht von dieser Welt, aber ich glaube, es ist das Reich, das uns diese Regeln gibt, diese Regeln und die Gesetzte, die Regeln und Gesetze nach denen sich unser Universum entwickelt. Wir leben in ihm und sterben in ihm als aktiver Teil dieses lebendigen Universums. Das Reich Gottes ist das Reich der Möglichkeiten, das Reich aller Möglichkeiten ....

... jetzt hörst du dich schon an, wie ein Pfarrer in der Kirche ...

ja, ja, ich weiß wohl, aber wie soll ich euch das sagen, wie soll ich über etwas reden, über das man nicht reden kann ....

... worüber man nicht reden kann, darüber muss man schweigen ...

hey, ja, is ja gut, ist ein guter Spruch, könnte von mir sein, aber, das ist leichter gesagt als getan, das mit dem Schweigen, jedenfalls für mich, das ist schwer .... also .... zur Zeit der großen Propheten, Moses, Jesus, Mohammed, da hat man geglaubt, der Himmel über uns mit seinen unveränderlichen Gestirnen sei ewig, vergänglich seien nur die Menschen und ihr Werk und man hat geglaubt, das Reich Gottes, des Schöpfers von Himmel und Erde, das sei da oben, halt noch weiter oben als der Himmel, den wir sehen können und das alles sei so auf Ewigkeit ....

Dann, tausend Jahre später, fingen ein paar neugierige Naturbeobachter an, neu über alles, was sie mit ihren neuen Instrumenten sehen und beobachten konnten, nachzudenken. Mit einem inzwischen über tausend Jahre lang angesammeltem Wissen und einer entsprechend verbesserten Technik von Teleskopen und Mikroskopen ausgestattet, fingen sie an, die Welt und den Himmel neu zu entdecken. Heute wissen wir, das auch die Fixsterne nicht fix sind und dass in ein paar unsichtbaren Atomen so viel Energie steckt, dass sie uns die ganze Erde unter dem Hintern wegblasen können ....

... Papa ...

6 Ende und Anfang

na gut, ich weiß auch nicht, ob das die Sache jetzt klarer gemacht hat, also ich mach noch einen Versuch, dann ist gut, dann ist Schluss, versprochen und schon mal danke, dass ihr mir solange zugehört habt .... oder habt ihr das Buch erst an dieser Stelle aufgeschlagen, um euch nur kurz über den Ausgang zu informieren .... schämt euch, wenn ihr überhaupt noch wisst, was das heißt, sich schämen ;-) ....

also, wo bleibt der Geist des Menschen, wenn sein Körper stirbt? Wo bleibt das Betriebssystem des Handys, wenn es von der Straßenbahn überrollt wird?

Die Hardware kann man vernichten, recyceln, einschmelzen und was anderes daraus machen. Die Energie bleibt erhalten, aber die alte Struktur ist verschwunden. Kann man Struktur vernichten? Kann Information verschwinden, sich in Luft auflösen?

Gilt für die Information ein Erhaltungsgesetz, so wie es für die Energie ein Erhaltungsgesetz gibt?

Information und Struktur sind Aspekte einer gleichen Sache, einer Sache entstanden aus dem Reich der Möglichkeiten, einem Reich, in dem die Gesetze der Physik nicht gelten, in dem unsere Gesetze keinen Sinn machen. Ich nenne dieses Reich das Reich aller Möglichkeiten, das Reich Gottes. Ich nenne es einfach deshalb das Reich Gottes, weil es der beste Name ist, den ich dafür gefunden habe .... es einfach nur das Reich aller Möglichkeiten zu nennen, das ist zu wenig, zu platt, das hört sich an wie: ist es möglich, dass du mich morgen mit dem Auto zur Schule bringst, es soll Regen geben? ....

6 Ende und Anfang

Ist das Wort Gott zu groß, für diesen Zweck? Ja und nein. Kein Wort kann groß genug sein für das, was all dem, was wir sind und was wir sehen die Grundlage gibt, das der Rahmen ist von allem, das das Gefäß ist, dass alles umfasst. Dieses Reich, sein Reich, Gottes Reich ist alles was wir nie erreichen können, was wir nie verstehen werden. Es enthält Dinge, die wir niemals werden sagen können, noch dass wir sie jemals auch nur denken können. Aber ich kenne auch kein anderes, kein besseres Wort dafür ….

Wenn etwas, was möglich ist, wirklich wird, Gestalt annimmt, verlässt es Gottes Reich und wird Teil unserer Welt. Das Reich aller Möglichkeiten ist größer als alles was wir kennen und wissen und sehen. Und es wird ewig sein, denn die Zeit ist ein Kind unserer Welt, mit der Zeit ist die Vergänglichkeit in unsere Welt gekommen und in unser Leben.

Und auch unser vergängliches Leben ist ein Geschenk aus dem Reich Gottes. Freut euch über dieses Geschenk, achtet es und achtet auch die anderen Geschenke, achtet das Leben der Anderen und überhaupt alles Leben.

Je komplexer die Lebewesen auf diesem unserem Planeten werden, desto umfassender nehmen sie sich und ihre Welt wahr. Vielleicht ist das ja auch ein Hinweis, ein Zeichen, dass wir Menschen die immer weiter zunehmende Komplexität unseres Lebens als Chance begreifen müssen, als Möglichkeit Gott ein Stück näher zu kommen, wer weiß das schon, ich weiß es nicht, aber ich glaube es.